해낸 사람들, 마라톤을 이야기하다

해낸 사람들,
마라톤을 이야기하다

© 부천두발로마라톤 동호회, 2020

1판 1쇄 인쇄__2020년 01월 01일
1판 1쇄 발행__2020년 01월 05일

지은이__간호윤 외
엮은곳__부천두발로마라톤 동호회
펴낸이__양정섭

펴낸곳__예서(書)
       등록__제2019-000020호

제작·공급__경진출판
       이메일__mykyungjin@daum.net
       블로그__https://mykyungjin.tistory.com/
       사업장주소__서울특별시 금천구 시흥대로 57길(시흥동) 영광빌딩 203호
       전화__010-3171-7282 **팩스**__02-806-7282

값 14,000원
ISBN 979-11-968508-0-7 03810

※ 이 도서의 국립중앙도서관 출판예정도서목록(CIP)은 서지정보유통지원시스템 홈페이지(http://seoji.nl.go.kr)와 국가
   자료공동목록시스템(http://www.nl.go.kr/kolisnet)에서 이용하실 수 있습니다. (CIP제어번호: 2019048729)

해낸 사람들, 마라톤을 이야기하다

부천두발로마라톤 동호회 엮음

365일 달리는 마라톤 동호인 여러분은 진정한 챔피언입니다

부천시육상연맹회장 노문선

달리기는 걷기와 함께 인간이 하는 가장 원초적이고 기본적인 행동입니다. 인간은 태어난 뒤 앉고 앉았다가 일어섭니다. 일어서면 걷고 걸으면 뛰게 됩니다. 달리기는 태어나서부터 죽는 날까지 인간이 끊임없이 반복하는 본능입니다. 인간이 몸으로 뿜어내는 태곳적 용트림이며 죽음과 맞서는 투쟁적인 몸부림입니다.

육상이 다른 종목과 달리 가진 가장 큰 특징은 자기와 싸움이라는 점입니다. 물론 육상도 상대가 존재하지만 궁극적인 목표는 자기 극복입니다. 자기 기록을 깨기 위해 쉼 없이 노력하는 것, 국내 최고가 됐다고 해도 아시아 최고, 나아가 세계 최고가 되기 위해 다시 도전하는 것, 세계 최고가 됐다고 해도 다음에도 세계 최고 자리를 지키기 위해 다시 땀을 흘리는 것, 오늘 세계 기록을 세웠어도 내일 바로 다시 그걸 경신하기 위해 모든 걸 운동에 집중시키는 것, 그게 바로 육상이 가진 본질적인 가치이며 태생적 본능입니다.

성공한 러너는 뛰어난 기록을 낸 사람이 아닙니다. 진정한 승자는 평생에 걸친 자기와의 싸움에서 승리한 사람입니다. 내 기록을 경신하기 위해서 오늘 많은 유혹 속에서도 나태해지고 자족하기 쉬운 또 하나의 자신과 벌이는 물러설 수 없는 싸움에서 오늘도 이기는 것. 그게 진정한 승리입니다. 물론 사람이 늙어가면서 최고 기록은 끝내는 뒷걸음질칠 수밖에 없습니다. 그러나 그렇다고 우리는 매일 매일 이어지는 전투에서조차 질 수는 없습니다. 인생이라는 긴 여정에 걸친 나 자신과의 싸움은 노화에 이은 기록 저하로, 뛰지 못하고 주저앉음으로, 끝내 영원히 뛸 수 없는 상태인 죽음으로 끝납니다. 그래도 우리는 뛰어야 합니다. 큰 전쟁에서 질 수밖에 없다고 해서 오늘 벌이는 전투에서조차 맥없이 무릎 꿇는 건 육상인의 자세가 아니기 때문입니다.

매일 뜁시다. 젊을 때 기록보다는 결국 뒤질 수밖에 없지만 오늘 기록을 내일 바로 단축하기 위해 오늘도 두 발을 번갈아 내디디며 중력을 이겨냅시다. 내일이 안 된다면 그 다음날, 그 다음날이 안 된다면 또 다음날 세울 수 있는, 지금 이 순간 내 인생 최고 기록을 향해서 말이죠. 달리고 싶은 나, 그 안에 게을러지고 나태해지려고 하는 또 다른 나. 지금 이 순간 당신이 뛰고 있다면, 지금 이 순간 당신이 운동화 끈을 조여매고 있다면, 지금 이 순간 당장에라도 뛰고 싶다는 마음에 몸을 일으켜 밖으로 나가고 있다면, 당신은 이미 영원한 마라토너이며 진정한 챔피언입니다.

우리 부천두발로마라톤 동호회원들이 마음을 모아 책자를 만듭니다. 부천두발로마라톤 동호회의 무궁한 발전을 기원합니다.

『해낸 사람들, 마라톤을 이야기하다』를 발간하며

부천두발로 회장 황영하

우리는 해냈다. 감개무량하다.

이런 책자를 만들어 낼 줄은 꿈에도 몰랐다. 뿌듯한 마음으로 발간사를 쓴다.

'부천두발로'가 발족된 지는 근 20여 년이 되어 간다. 그동안 우리 '부천두발로'는 부침을 겪으며 질적, 양적으로 많은 성장을 하였다. 동호회원도 50여 명에 이르고 매주 운동을 나오는 회원만도 30여 명이다. 회원들도 서브3에서 울트라, 철인 3종까지 다양하다. 물론 이제 막 마라톤에 입문한 회원도 있다. 나는 명실상부, 대한민국 최고의 마라톤 동호회라고 생각한다.

이런 우리 '부천두발로'가 각 회원들의 마라톤에 얽힌 이야기를 모아 책자로 간행한다. 우리나라뿐 아니라 전 세계 마라톤 동호회 중에서 유일하지 않을까 생각한다. 이 책에는 우리 동호회원들이 마라톤을 하며 느낀 애환과 희열, 그리고 마라톤으로 각자 삶의 꿈과 고난을 헤치며 나아가는 생생한 경험담이 있다. 마라톤은 그렇게 우리 동호인의 삶 자체였다.

또 책갈피 이곳저곳에 마라톤을 하며 알아야 할 상식을 넣었다. 따라서 이 책은 마라톤을 하는 이들에게는 동료의식을, 마라톤을 하고 싶은 이들에게는 충분한 입문서 역할을 하게 될 것이다.

또 우리 생활체육사에서도 의미 있는 책이라 생각한다. 특히 이 책의 수익 일체는 부천 유소년 마라톤 육성을 위해 쓰일 것이다. 모쪼록 우리 '부천두발로'뿐 아니라 이 땅에서 마라톤을 하는 모든 달리미들에게 신의 가호가 함께 하기를 기원해 본다.

오늘도, 인천대공원, 하늘에는 새가 날고 땅에는 우리 부천두발로가 달리고 달릴 것이다.

2019년 12월

차 례

초대의 글: 365일 달리는 마라톤 동호인 여러분은
　　　　진정한 챔피언입니다__부천육상연맹회장 노문선 • 4
발간사: 『해낸 사람들, 마라톤을 이야기하다』를 발간하며
　　　　　　　　　　__부천두발로 회장 황영하 • 7

10km

이상범　　　　　아버님! 다음에도 또 함께 달려볼까요 • 17
김민지　　마라톤, 그리고 운명처럼 다가온 두발로 • 24
장세원　　　　　　　　　　마라톤을 말하다 • 31
양호　　정직한 운동 마라톤, 오늘도 나는 달린다 • 37
김규완　　　　　　　달리기 '너'란 녀석 • 43
김보현　　　　　　　마라톤을 시작하며 • 46
송경아　　　　　꼴찌에게 보내는 갈채 • 50
진명숙　　　　　　　마라톤이 준 선물 • 55

하프(21.097km)

안영원　　　　99세 때, 100세 이하 1등을 위하여 • 66
소리　　귀여운 20살 두발로 막내, '소리의 마라톤 이야기' • 72
임미순　　　　　　　　　가문의 영광 • 77

풀코스(42.195km)

김명균	숨 세 번 고르면 되겠네	86
이도윤	내 꿈은 '서브3'	90
현순희	마라톤은 영원한 나의 애인	96
소천민	내 목표는 '2시간 49분 00초'	103
김정호	내 친구와 함께 달리는 맨발의 청춘	108
남경민	달리기를 사랑하는 사람, 난 남경민!	113
하니 박미애	뛸 수 있는 두 다리가 있어 감사하고 함께 뛸 수 있어 더 감사합니다. 어제도, 그리고 오늘도…	125
소미영	5년 마라톤이 준 몸의 변화	144
황영하	마라톤 100회 완주를 향해, 70대까지 달려라!	150
이상배	좋은 인연 같이 뜁시다	154
정연희	나의 마라톤은 끝나지 않았다	157
유정하	나의 마라톤 입문기	163
위성현	마라닉을 꿈꾸며	168
박영기	마라톤 일기	175
안효순	나의 달리기 마카롱~~!	193
서성근	나의 마라톤 이야기	197
이승훈	쉬지 말고 뛰어라	212
서현근	나의 마라톤을 말한다	216
박현덕	내 마음의 북소리	232
이향화	내 머릿속의 지우개	235
장석철	'땀'과 '잠'이 최고의 보약	241

울트라(50, 53, 100km… 등)

간호윤   런너스 하이!: 갑비고차울트라마라톤을 뛰며 • 247
김동호   인생의 새로운 키워드를 만나다. "못생겨서 결혼했다!"
                                              그 이후 • 252
조명열   울트라마라톤을 뛰고 나서 • 260

추천의 글: 부천두발로마라톤 동호회를 응원하며
                                   __전 국가대표 이봉주 • 264
편집을 마치며 • 266
부천두발로마라톤 동호회 사람들 • 269
동인선주변증설(東人善走辨證說): 조선인이 달리기를 잘하는 데 대한 변증설
                                         __간호윤 • 276

10km

[5km 완주하기]

초보자를 위한 5km 훈련 방법

달리기에 처음 접하는 사람의 경우 처음 5km를 뛰기 위기 위해서는 다음과 같은 스케줄로 6주간 훈련한다.

	1주차	2주차	3주차	4주차	5주차	6주차
월	휴식	휴식	휴식	휴식	휴식	휴식
화	1분 달리기 1분 걷기 (10회 반복)	3분 달리기 1분 걷기 10회 반복)	7분 달리기 2분 걷기 (3회 반복)	8분 달리기 2분 걷기 (3회 반복)	9분 달리기 1분 걷기 (3회 반복)	15분 달리기 1분 걷기 (2회 반복)
수	휴식	휴식	휴식	휴식	휴식	휴식
목	2분 달리기 4분 걷기 (5회 반복)	2분 달리기 4분 걷기 (5회 반복)	8분 달리기 2분 걷기 (3회 반복)	10분 달리기 2분 걷기 (2회 반복 후 5분 달리기)	12분 달리기 2분 걷기 (2회 반복 후 5분 달리기)	8분 달리기 2분 걷기 (3회 반복)
금	휴식	휴식	휴식	휴식	휴식	휴식
토	휴식	휴식	휴식	휴식	휴식	휴식
일	2분 달리기 4분 걷기 (5회 반복)	2분 달리기 4분 걷기 (5회 반복)	8분 달리기 2분 걷기 (3회 반복)	8분 달리기 2분 걷기 (3회 반복)	8분 달리기 2분 걷기 (3회 반복)	**5km 완주!**

5km 완주를 위한 식단 조절

5km 완주를 위해서 위에 부담 없이 에너지를 보충하기 위한 방법이다.

수분 유지
- 레이스 전 날에 나누어 수분을 섭취한다. 레이스 중간에 화장실 가는 것을 피할 수 있다.

탄수화물 섭취는 불필요
- 5km의 경우 경기 전 식사에서 충분한 에너지가 공급되기 때문에 경기 전날에 과도한 탄수화물 섭취하지 않는 것이 좋다.

가벼운 아침식사
- 경기 당일 아침 1~2시간 전에 섬유질과 지방이 적은 200~300cal의 식사를 한다.

수분 섭취
- 레이스 2~3시간 전에 500~600ml의 수분 섭취는 이전의 섭취한 음식을 씻어 내릴 수 있다. 경기 20분 전에 200~300ml의 수분을 더 섭취한다. 평소에 레이스

전에 커피, 차, 스포츠 음료 등을 섭취했다면 그것을 통해 수분을 섭취하는 것도 좋다.

오후 레이스의 경우 하루 종일 가볍고 건강하게 식사할 것

- 오후 레이스의 경우 아침식사는 마른 단백질로 탄수화물 집중 섭취하고, 점심식사는 고지방 고단백질 음식을 피해서 포만감이 느껴지지 않도록 가볍게 한다.

배가 고픈 경우 간식을 섭취

- 레이스 도중 허기가 진 경우 150~250cal의 초코파이, 바나나, 에너지 바 등을 섭취한다.

[10km 완주하기]

초보자를 위한 10km 훈련 방법

특정 종목에 대한 훈련을 받지 않고 달리기에 처음 접하는 사람이 60분 이상의 달리기와 걷기를 수행할 수 있는 10주간의 훈련프로그램이다.

	월	화	수	목	금	토	일
1주차	휴식	1분 달리기 1분 걷기 (10회 반복)	휴식 또는 교차 훈련	1분 달리기 1분 걷기 (10회 반복)	휴식	1분 달리기 1분 걷기 (10회 반복)	40~45분 교차 훈련
2주차	휴식	1분 달리기 1분 걷기 (11회 반복)	휴식 또는 교차 훈련	1분 달리기 1분 걷기 (12회 반복)	휴식	1분 달리기 1분 걷기 (13회 반복)	40~45분 교차 훈련
3주차	휴식	1분 달리기 1분 걷기 (15회 반복)	휴식 또는 교차 훈련	1분 달리기 1분 걷기 (15회 반복)	휴식	1분 달리기 1분 걷기 (15회 반복)	45분 교차 훈련
4주차	휴식	2분 달리기 1분 걷기 (10회 반복)	휴식 또는 교차 훈련	2분 달리기 1분 걷기 (10회 반복)	휴식	2분 달리기 1분 걷기 (10회 반복)	45분 교차 훈련
5주차	휴식	2분 달리기 1분 걷기 (10회 반복)	휴식 또는 교차 훈련	3분 달리기 1분 걷기 (10회 반복)	휴식	2분 달리기 1분 걷기 (14회 반복)	45분 교차 훈련
6주차	휴식	3분 달리기 1분 걷기 (10회 반복)	휴식 또는 교차 훈련	3분 달리기 1분 걷기 (8회 반복)	휴식	3분 달리기 1분 걷기 (11회 반복)	45분 교차 훈련
7주차	휴식	3분 달리기 1분 걷기 (10회 반복)	휴식 또는 교차 훈련	3분 달리기 1분 걷기 (8회 반복)	휴식	3분 달리기 1분 걷기 (13회 반복)	45분 교차 훈련

	월	화	수	목	금	토	일
8주차	휴식	3분 달리기 1분 걷기 (10회 반복)	휴식 또는 교차 훈련	3분 달리기 1분 걷기 (10회 반복)	휴식	3분 달리기 1분 걷기 (15회 반복)	45분 교차 훈련
9주차	휴식	3분 달리기 1분 걷기 (10회 반복)	휴식 또는 교차 훈련	3분 달리기 1분 걷기 (10회 반복)	휴식	3분 달리기 1분 걷기 (17회 반복)	45분 교차 훈련
10주차	휴식	2분 달리기 1분 걷기 (10회 반복)	휴식 또는 교차 훈련	30분 교차 훈련	휴식	3분 달리기 1분 걷기 (5회 반복)	**10km 완주!**

각 운동 수행 시 5분 동안의 워밍업을 한 후 진행하고, 마지막에 5분 동안의 걷기로 마무리한다. 2일 연속으로 달리지 않으며 달린 후 다음날은 휴식을 취하거나 걷기, 자전거, 수영 등의 다른 훈련(교차 훈련)을 하는 것이 좋다.

아버님! 다음에도 또 함께 달려볼까요

이상범

오늘도 나는 평소와 같이 퇴근 후에는 헬스장에서 혹은 동네 운동장에서 즐겁게 달린다. 주말에는 직장동호회 동료 또는 학교 친구들과 특별한 약속이 없으면 서울 근교 산행을 즐기고 시간 날 때는 동네 산에서 달리기를 하며 심신을 단련하여 스트레스를 푼다.

지금으로부터 15년 전 건설현장 생활하면서 현장 직원과 등산하던 중에 직원 한 분이 내가 산에 오르는 것을 보고는 산을 잘 타는데 혹시 마라톤을 하시냐고 묻는 말 한마디에 마라톤에 관심을 갖게 되었고 이제는 마라톤을 지금까지 즐기고 있다.

"마라톤은 관심도 뛰어 본 적도 없는 데요~"

"마라톤 한번 시작해 보실래요~"

"잘 뛰실 것 같은데요?"

나는 속으로는 '아니~ 그렇게 힘든 것을 왜 하지???'라 생각했다.

그날 산행을 마치고 저녁 식사 자리에 우연히 마라톤과 인연이 되려는지 그 직원과 자리를 함께 하게 되었다.

"그동안 전혀 안 뛰어 봤어요???"

"옛날에 입시를 위해 체력장 시험 볼 때 100m 달리기, 1000m 오래 달리기는 뛰어 보고 그 후로는 뛰어 본 기억이 없는데요."

"저는 마라톤을 시작한 지가 5년 정도 됐구요. 직장 마라톤동호회에서 회원들과 함께 운동해보니 너무 좋아서 산을 잘 타시기에 추천하는 건데요. 저는 마라톤 예찬론에 혹해서 직장 마라톤동호회에 입문했지요."

내가 물었다.

"마라톤은 어떻게 시작하지요?"

"우선 신발부터 준비하시고. 이왕이면 마라톤화는 뉴발란스 제품으로 구입하고 담 주부터 틈틈이 중앙공원 한 바퀴부터 뛰어 보세요."

이런 대화를 나누고는 잊고 있었다. 며칠 후, 점심시간에 그 직원이 '제가 도움을 줄 테니 마라톤화 구입하러 같이 가자'고 그러는 게 아닌가! 나는 대화를 나눈 터라 꼼짝없이 갈 수밖에 없었고 나의 마라톤은 이렇게 해서 시작되었다. 그렇게 마라톤화도 준비되었고 반바지도 입던 것으로 나의 첫 달리기는 시작되었다. 그런데 혼자 뛴다고 생각하고 공원에 가서 보니 그 시간에 나 아닌 많은 달리미들이 뛰고 있었다. '와 ~이렇게 운동장이 아닌 공원에서 뛰다니~' 달리기가 새롭게 느껴졌다.

2달여가 지나 드디어 직장동호회에서 대회 신청을 하라는 연락을 받았다. '내가 뛸 수가 있을까?' 우려 속에 10km를 신청하고 긴장 속에 훈련방법도 모르고 무턱대고 오래 달리기만 하였다. 지금 생각하면 우습기만 하다. 인터벌 훈련이니, LSD 훈련이니, 언덕주 훈련이니, 이런 것은 상상도 못했다. 10km 마라톤을 신청하고 나서는 왠지 정신적인 스트레스가 있었다. 건설현장 근무로 새벽 일찍 출근, 늦은 퇴근, 잦은 저녁 술자리 등등으로 연습 시간은 부족하고 뛰어야 하는 날짜는 다가오고 '괜히 신청했나?' 하는 생각이 들고 후회가 되었다.

첫 마라톤대회는 여의도에서 했던 '바다의 날 기념 마라톤대회'이다. 지금도 생생하게 기억난다. 전날 밤 생애 첫 번째 뛰는 마라톤대회인지라 설렘과 '과연 내가 뛸 수가 있을까? 중간에 포기하면 어떡하지…' 하는 생각에 제대로 밤잠을 이루지 못했다.

대회 당일, 첫 마라톤대회 참가하는 부담감을 안고 여의도에 도착하니 또 한 번 깜짝 놀랐다. 아니 마라톤을 즐기는 사람이 이렇게 많은 거야? 나는 50세가 넘어서 마라톤을 시작했는데 남녀노소 연령대 구분 없이 많은 사람들이 이렇게 마라톤을 즐기는 것에 대해 너무 놀라웠다. '그동안 나는 무엇을 했지?' 바쁜 현장 생활로 여유 시간도 없이 지냈고 시간 나면 술자리 아니면 산행, 산행 후 하산주 자리 등등의 일이 주마등처럼 지나갔다. '이건 아닌 것 같다'는 생각이 들었다.

이런 생각을 하는데 드디어 출발 총성이 들렸다. 직장 동호회 직원들과 출발하였다. 동호회 직원은 하프와 10km 두 그룹(나는 10km)으로 나누어 출발하였다. 평소에 중앙공원에서 5km를 몇 번은 뛰어 봐서 10km 정도는 뛸 수가 있을 것 같았다. 그런데 3km 정도 뛰었을까? 숨도 차고 다리도 아프고 팔도 흔드는 것이 힘들어 고통이 밀려왔다. (지금 생각해 보니 그때는 옆에서 많은 사람들과 뛰다 보니 내 페이스는 잊어버리고 오버 페이스한 것이었다.)

그때부터 나는 나와의 싸움이 시작되었다. 첫 마라톤인데 여기서 포기하면 앞으로는 마라톤 못할 것 같은 생각이 들었고, 집에서 "걱정 말라"고 큰소리치고 나왔는데 창피스러운 생각이 들고 동호회 직원들에게도 면목이 없고 '어떡하지?' 등 별 생각이 다 들었다. 그러나 일단 뛰는 수밖에는 없었다. 멀리 급수대가 보이는데 얼마나 반갑던지. '여기서 물 한 모금 적시고 좀 쉬자'며 팔다리를 흔들고 쉬는데 나이 지긋한 분이 '너무 오래 쉬면 남은 거리는 뛰기 힘들다'고 한마디 던지고 뛰는 것 아닌가.

'그런가? 그럼 뛰어 볼까?' 그런데 얼마 안 가서 약간의 언덕이 나오는데 왜 힘든지 산행에서는 이런 언덕은 식은 죽 먹기인데 뛰는 것은 엄청 힘들었다. '분발하자 높은 산도 잘 오르는데 이쯤이야' 하며 자기 암시를 힘주었다. 뛰면서 밀려오는 많은 생각과 함께 뛰는 달리미들의 표정과 옷차림, 앞서 뛰는 마라톤 마니아들의 뒷모습 등등이 눈에 들어왔다. 누가 말했던가, '인생은 마라톤'이라고. 뛰는 동안에 지나온 후회와 다가올 환희 등으로 만감이 교차하였다. 나를 제치고 뛰어가는 멋있는 달리미들을 보면 너무나 부러웠다.

반환점을 돌고 오니 마주치는 주자들이 서로를 보며 "홧팅!"하며 응원을 해주었다. 마라톤에 이런 재미가 있다는 것을 알게 되었고 마지막까지 완주하였다. 기록은 57분, '이 정도면 잘 뛴 것 아닌가?' 하며 나의 마라톤은 시작되었다.

그 후로 직장을 옮기고 내가 사는 지역에 마라톤동호회를 검색하여 현재 부천두발로마라톤 동호회에 가입하였다. 주말 이른 아침에 인천대공원에서 두발로 식구들과 함께 연습을 하여 하프는 20여 회, 풀코스는 4회(조선, 중앙, 동아), 완주를 하였다. 지금은 아내와 가족 모두가 '나이도 있는데 이제는 무리한 풀코스는 하지 말라'는 염려에 주로 하프마라톤 위주로 연습을 하며 건강관리를 하고 있다. 그러나 마음은 누구는 70세 넘어서도 뛴다는데 나도 도전(집사람이 보면 다시는 안 본다고 할 텐데??)해 볼까 한다.

어느 날 나의 가족 모임에서 아들과 두 사위에게 내가 너희들도 건강관리를 위해 틈틈이 운동하고 조금씩 조깅해 보라고 하고 언제 나하고 함께 마라톤을 해 볼래 했다. 두 딸이 옆에서 "그러면 좋겠네." 하였다. 장인과 사위, 아들이 함께 뛰어 보면 좋겠다는 말에 내가 그럼 당장 몇 달 후에 경인 아라뱃길 마라톤대회에 단체로 신청하자고 하였다. 내가 페이스메이커 역할을 해주기로 하였고 두 사위와 아들에게 은근히 마라톤을 즐기는 나의 모습을 보여 주고 싶었다.

드디어 아들과 두 사위와 함께 경인 아라뱃길 마라톤대회에 참여하였다. 나는 한 손에 스마트폰을 들고 페이스메이커를 하며 추억의 사진을 남기며 아내와 두 딸과 손녀의 응원 속에 무사히

완주하는 기쁨을 누렸다. 이것은 내가 마라톤을 완주한 기쁨 중
최고였다.

두 사위가 "아버님 다음에도 또 함께 달려볼까요".

세상을 살면서 취미(마라톤)로 뭔가에 미쳐서 산다는 것, 특히
가족과 동호회 식구와 함께한다는 것은 참으로 행복한 일이다.

아들과 두 사위들과 함께

마라톤, 그리고 운명처럼 다가온 두발로

김민지

내 나이는 서른여섯, 직업은 헤어디자이너입니다. 운동은 좋아하긴 하지만 개인시간이 많이 없고 할 수 있는 운동이 한정적입니다. 늘 헬스장에서 웨이트를 했었는데 그것도 지겨워서 하기 싫어졌고, 몇 년 동안 운동을 안 하게 되면서 둥실둥실 살도 찌고 숨쉬기도 곤란해질 무렵이었습니다. 친구가 회사에서 마라톤을 신청했다는 말을 듣고 갑자기 '나도 해야겠다'고 마음을 먹었습니다. 또 이직을 준비하면서 롤러코스터 같은 심적 변화로 도전하고 싶어졌던 터라 쉬고 싶은 마음도 있었습니다.

하지만 혼자는 자신 없어서 주변에 지인을 설득하기 시작했습니다. 드디어 '2019년 3월 31일 제19회 인천국제하프마라톤' 생애 첫 마라톤을 도전하기로 했습니다. 연습기간은 한 달 정도 여유가 있어서 매일 5km를 헬스장 러닝머신에서 뛰었습니다. 그러면서 이런 생각을 했습니다.

'이정도로 뛰면 되지 않을까! 뭐!!!! 자신감 뿜뿜!!!!!'

눈 깜짝할 사이에 D-day!!!!!

문학경기장에 도착을 했고 생각보다 많은 사람들과 동호회모임이 보였습니다. 거기서 눈에 띄는 건 몇 군데가 있긴 했지만 시간이 지난 후에도 생각나는 동호회 이름 '두발로' 솔직히 이름이 좀 촌스럽긴 했습니다. ㅋㅋㅋ 그래서인지 몰라도 기억에 오래 남았습니다. '오늘 첫 마라톤 해보고 괜찮으면 나도 동호회를 하나 가입해야겠다'는 생각을 하였습니다.

드디어 인생 첫 마라톤 출발지점에 나는 서 있었습니다. 가슴은 콩닥콩닥, 지금껏 살면서 어떤 남자를 봐도 심쿵하지 않았던 내 심장이 터질 것 같았습니다. 드디어 어마어마한 출발신호음이 울렸습니다. 이 순간 나에 플레이리스트 음악은 BTS의 〈불타오르네〉!

"빠이야~~싹다 불~질러라!!!"

ㅎㅎ진심, 나는 불타오르고 있었습니다.

달리기 시작했습니다. 열심히 달렸습니다. 그런데… 아! ~~ 그런데 ~~~~였습니다.

가도 가도 반환점은 보이질 않았습니다. 헬스장 러닝머신에서 뛰던 5km와 실전에서 뛰는 5km는 너무나도 차원이 달랐습니다. 문제는 내 무거운 몸 때문인지 아니면 저질 체력 때문인지…그래도 자존심을 한껏 부추기며 계속 뛰었습니다.

5km 반환지점에 생수와 이온음료가 보였습니다. 더 빨리 뛰어가서 음료를 마시고 반환점을 돌았습니다. 앗! 그런데 이게 웬일!! 음료를 너무 많이 마신 탓인지 내 뱃속은 폭풍우 치는 바다처럼 출렁이기 시작했습니다. 몸은 더 무겁고 뱃속은 울렁이고 피니시 라인은 가도 가도 보이지 않고. 우습게 보았던 10km가 10km가 아니었습니다.

오르막길을 오를 때 나는 한 마리의 파리가 된 듯한 느낌을 받았습니다. 나름 평지에선 그런대로 날아왔다고 느꼈는데 오르막에선 다리가 움직이질 않았습니다. 누군가 나를 잡기 위해 놓아둔 끈끈이 위에 있는 느낌이랄까? 하여튼 그런 느낌을 느낀 그 순간이었습니다. 뜨헉! 나…난, …도로 한가운데 붙어 있었습니다! 내 두발은 바닥과 하나였습니다!!!!

그래도 나는 내 몸을 다독였습니다. '처음이니까 괜찮아. 무리해서 다치지 말자. 그래도 오래 뛰었으니까 쫌만 걸어도 되지 않겠어!'라고. 그렇게 자기합화하며 걷기 시작했습니다. 걷고 걸어도 오르막은 줄지 않았습니다. 1시간 안에 들어갈 수 있다고 큰소리 치던 내 자신감은 물거품이 되었습니다. 그렇게 결승점을 들어간 후, 난 말 그대로 '떡·실·신·'되었습니다.

내 생에 첫 10km 마라톤 기록은 그렇게 1시간 14분 33초!

집을 어떻게 왔는지 모르겠습니다. 밥을 먹고 집에 와서 씻고 잠을 자려고 누웠을 때가 오후 3시쯤으로 기억하는데 눈뜨니까 다음날 오후3시쯤 이었습니다. 다시 한 번, '떡·실·신·'이란 말을 써야겠습니다. 살면서 이렇게 오래 잔 적은 없었습니다.

다음 날, 온몸은 천근만근 걷는 것도 힘들었습니다. 혹시나 하는 마음에 무거운 몸을 이끌고 정형외과를 향했습니다. 무릎관절 엑스레이를 찍고 비타민 링겔을 맞았습니다. '내가 마라톤을 왜 했나!' 하는 생각이 들었습니다. '그까짓 것 누군 못해'라고 했던 자만심은 사라지고 '아무나 하는 운동이 아니구나' 하는 생각과 한 번 더 뛰어보고 싶다는 생각이 들었고 순간, 문학경기장에서 봤던 '두·발·로' 동호회가 생각났습니다. 낯가림이 심해서 동호회 활동을 해본 적이 없지만 마라톤동호회는 꼭 가입해야겠다는 생각이 들었습니다. 이유는 내 주변에는 함께 뛸 사람이 없어서였습니다. 대부분 "왜 힘들게 뛰냐"며 나를 이해하지 못하는 사람들뿐이었습니다.

하지 말라고 하면 더 하고 싶어진다. ^^

나는 청개구리 김민지니까.

　동호회 여러 곳을 가입했고 가입한 몇 군데 동호회에서 전화가 왔습니다. 하지만 대부분 답. 정. 너.를 만족시키질 못했습니다. 역시나 ~ 당연한 일이지~ 라며 실망하고 있던 때 또 한통의 전화가 왔습니다. 세심하게 동호회 스케줄부터 운동방법까지 공유해주시고 30분 넘게 통화하면서 까탈녀 '답정녀'를 만족시키신 분은 지금 현재 내가 활동하는 동호회 '부천두발로' 훈련대장님(서성근님)이었습니다. (훈련대장님은 와우!! 웬만한 여자 분도 이 분만큼 세심하지 못할 것입니다.) 그래서 여기다 싶었습니다. 그렇게 나는 '부천두발로마라톤' 동호회와 만났습니다.

　동호회 활동을 하면서 다 같이 일요일 6시 30분마다 12.5km씩 뛰고(나는 7~8km 뒷문 행ㅎㅎ) 대회도 같이 나갔고 뒤풀이까지 하면서 친분도 쌓았습니다. 두 번째 도전한 '2019년 4월28일 서울하프마라톤'에서. 혼자 10km를 뛰어야 하는 나를 위해 회장님께서 직접 페이스메이커도 해주셨습니다. 덕분에 10분이라는 어마어마한 시간 단축과 첨부터 끝까지 걷지 않고 뛰어보았습니다. 1시간 5분!(아직은 내 최고기록^^)

6월 16일 일요일, 연습할 때입니다. 김광배 선배님이 뒤처지는 나를 뒤에서 밀어주시고 오르막길에서는 앞장서서 이끌어주셨습니다. 나는 인천대공원에서 연습하면서 처음으로 10km를 자진해서 뛰었습니다. 선배님은 힘 드신 데도 불구하고 귀에 쏙쏙 들어오는 운동방법과 자세, 호흡법 등등, 기초부터 하나하나 잡아주셔서 너무 신이 났습니다.^^ 두발로 들어와서 정말 처음으로 제대로 된 마라톤 강습을 받은 느낌이었고 좀 더 자신감이 생겼습니다.

그로부터 일주일 6월 23일, '제19회 강화해변마라톤' 대회를 나갔습니다. 선배님이 알려주신 대로 호흡과 자세를 잡았습니다. 무려 8분 가량을 단축할 수 있었습니다. 1시간 8분!(우왕~~ 스스로

강화해변마라톤대회에서

대견!!!!)

점점 마라톤에 더 재미를 느끼게 해주신 '두발로 레전드 김광배 선배님' 너무 감사드립니당.

나는 마라톤 입문한 지 3개월째인 병아리마라토너^^ 짧은 기간에 5번 대회도 나가보고 페이스메이커와 함께도 뛰어보고. 비 쫄딱 맞으면서도 뛰어보고. 뻘쭘한 커플런도 해보고. 땡볕 아스팔트에서도 뛰어보고. 다양한 경험을 했습니다. 이제 블랙홀 같은 마라톤 매력에 빠져 마라톤을 하지 않는 주변 사람들에게 제법 홍보도 합니다.

궁금한 것도 많은 마라토너 김민지, 병아리마라토너 김민지.^^

"무지하면 용감하다"는 말처럼 겁 없이 시작한 마라톤!!! 저는 두발로를 만날 운명이었나 봅니다.^^ 혼자가면 빨리 가지만 함께 가면 멀리 갈 수 있습니다. 나 김민지는 부천두발로에서 오늘도 달립니다.^^

마라톤을 말하다

장 세 원

일요일 새벽이다. 시간은 4시가 조금 넘었다. 아직 일어날 시간은 1시간 넘게 남았다.

두발로에 들어오기 전 일요일은 특별한 일이 없는 한 늦게 일어났다. 일주일 중 유일하게 늦잠을 잘 수 있는 날이기 때문이다. 그러나 요즘은 토요일 힘든 일과 후에도 일요일 새벽이면 눈이 자동으로 떠진다.

들쭉날쭉한 훈련을 정기훈련으로 나의 몸과 정신을 단련하기 위해 무언가 필요했다. 마라톤114라는 동호회에 가입하여 달리기 시작한 지 2년이 조금 넘었지만 제대로 된 훈련은 하지 못했다. 나의 삶에 마라톤이 자리하게 된 시기는 2016년 10월 즈음이었다.

운동의 필요성을 절실히 느끼고 걷기라도 하려고 동호회를 찾았다. 마라톤 카페가 눈에 들어와 가입하고 그냥 무작정 나갔다. 그땐 참 용감했다. 달리기가 뭔지도 모르는 사람이 무식하면 용감하다고….

수요일 새벽 첫모임은 사진 찍어준다기에 2km만 달렸다. 그때 달린 2km는 지금 느끼는 5km도 더 되는 것 같았다. 다음 주는 7km였다. '해봐야지!'라 다짐하고 당장 런닝화를 샀다. 두 번째 모임에서는 걷는 건지 뛰는 건지, 동호회원님들 덕에 달릴 수 있었다.

점차 나는 달리기는 묘한 매력이 있음을 알아차렸다. 숨이 턱까지 차다가도 좀 있으면 편안하게 달리게 되었다. 내가 7km를 걷지 않고 달리는 것도 신기했고 뛰고 난 뒤에 오는 근육통도 나름 즐기게 되었다. 이유 있는 고통은 참을 수 있는 것처럼 근육통이 없는 내 다리는 무언가를 안한 것 같이 허전했다. (지금도 나는 달리기 후의 조금씩 느껴지는 근육통이 기분 좋다.)

그렇게 점점 달리기를 하다 10km 대회도 나가고 정모에 가서 모르는 사람들과 만나 마라톤이라는 공통주제로 이야기하며 즐거운 시간을 보냈다. 행복한 추억이 많아지게 되니 '이런 게 사는 거구나' 싶었다. 일만 하고 살던 내게 마라톤은 신세계인 듯싶었다. 달리는 게 재미있어 운동량을 늘리기 위해 지역모임동호회에 가입하려고 마음먹었다. 그 즈음 알고 지내던 임미순 언니의 권유로 부천두발로에 가입하게 되었다.

그리고 그 첫날, 회장님 차를 타고 인천대공원에 도착해 동호회원들과 어색하게 인사를 했다. 그래도 미순 언니도 있고 훈련대장님도 친절하게 대해 주셔서 첫 훈련을 편하게 달렸다. 인천대공원 약수터에서 다시 돌아오는 코스는 처음이라 걱정됐는데 막상 돌아오는 길은 언덕도 덜해서 수월한 듯했다. 그러나 그것이 다가 아니었다. 10km를 넘어가니 다리가 너무 고통스러웠다.

첫 번째 훈련은 10.5km, 그 다음 주는 11km, 3주째 드디어 12.5km를 완주했다. 기분이 날아갈 것 같았고 자신감도 생겼다. 그렇게 두발로에서 일요일마다 12.5km씩 훈련한 지 두 달 만에 하프코스를 달리게 되었다. 달리기 시작한 지는 2년 조금 넘은, 내 인생의 하프는 두 번째였고 1년 만이었다.

두려운 마음은 들었지만 '할 수 있다' 생각하였다. 훈련대장님, 회장님 외 다른 회원분들도 '충분히 달릴 수 있다'는 격려의 말에 자신감을 얻어 도전했다. 그 결과 기록은 2시간 19분. 작년 멋모르고 나갔던 첫 대회보다 4분을 당겼다.

출발부터 컨디션이 좋았다. 먼저 활동하고 있던 마라톤114 정모대회였다. 전 매니저와 같이 달렸다. 둘이 14km까지 수다를 떨며 2시간 30분 페이스메이커를 따라갔다. 공포의 암사동 삼단 언덕(자전거 덕후들은 '아이유 고개'라 부른다. 그만큼 힘든 코스이다. 삼단 고음=삼단 언덕)을 천천히 쉬지 않고 뛰었다. 그렇게 오르막을 오르는 동안 귓전에 맴도는 소리가 들렸다. '팔은 최대한 뒤로 쳐주고 보폭은 좁게 몸은 살짝 앞으로 기운다는 생각으로 달려' 그동안 귀동냥으로 듣던 말이 내게 속삭였다. 다시 자세를 고쳤다.

언덕을 다 오르니 드디어 반환점이다. 이제 반 남았다. 더 기운이 났다. 전에 보이지 않던 한강의 풍경과 달리미들의 뒷모습, 자세 등이 보이고 주변소리도 들린다. 그렇게 가벼울 수 없었다. 자꾸만 달려지는 게 신기했다. 기록보다 즐기는 마음이 들어 한없이 행복했다.

달리는 걸 신기해하는 남편, 아들과 함께

남편은 내가 달리기를 한다는 걸 신기하게 생각한다. 신호등 깜빡일 때도 뛰지 않고 걷는 나다. 달리는 것을 즐기지 않던 나를 잘 알기에 2년 반을 계속 달린다는 게 신기하단다. 사실 나 자신도 그렇긴 하다.

나에게 달리기란 내가 살아있음을 느끼게 해주고 나의 존재감이 확연히 드러나는 나를 찾는 시간이다. 그럼에도 달릴 때는 힘들다는 생각도 들어 그만 달리고 싶단 생각이 들다가도 또 한편으로는 좀 더 달리자는 생각도 든다. 주로 달릴 때는 8090댄스음악을 듣는데 경쾌한 음악에 맞춰 내 다리가 휙휙 나아가는 느낌이란 우리 달리미들만이 알 수 있다.

나의 달리기는 기록 단축이 중요하지 않다. 아주 '아니다'라고 할 수 없지만, 그럼에도 내 몸이 원하는 대로만 달릴 뿐이다. 마라톤과 인생은 꽤 닮아 있다. 우리 인생살이가 지칠 때면 쉬거나 취미생활, 여행으로 재충전하여, 그 기운으로 내일을 살아가듯이 달리기 또한 힘들 때 쉬어주면 더 길게 달릴 수 있게 된다. 그렇게 달리다보면 오늘 달린 만큼 내일도 더 달릴 수 있다. 오늘 잘 살았으니 그만큼 내일도 잘 살 수 있을 것이다.

두발로에 들어오고 나의 달리기 인생의 2막이 시작되었다. 달리기에 대한 애정과 자신감이 더욱 충만해진다. 나는 울트라마라톤보다 더 긴 인생이라는 마라톤도 멋지게 완주하고 싶다. 나의 가족, 나의 이웃들과, 동호회원들과 함께 달리며 인생을 즐겁게.
욕심이 조금씩 더 난다.

정직한 운동 마라톤, 오늘도 나는 달린다

양호

주변에서 "힘들게 마라톤을 왜 하냐?"고 묻는다. 마라톤에 관심 있어서 물어보는 사람에게는 그 이유를 잘 설명해주는데 가끔 비꼬듯 물어보면 나는 속으로 '니들이 마라톤을 알어?' 하고 그냥 웃어넘기곤 한다. 마라톤을 해보지 않은 사람은 뛰는 이유를 잘 이해하지 못한다. 비록 뛸 때면 숨도 차고 근육통도 오고 무릎도 아프지만 그 성취감, 쾌감, 승리감, 뭐든지 할 수 있다는 자신감, 뿌듯함 등등 많은 느낌이 들고 배운다. 이 느낌과 배움은 뛰어본 사람만이 안다.

2013년 7월 안정적인 삶을 살던 어느 날, 나는 일하면서 문득

일하고 잠자는 일상이 지루하게 느껴졌다. 또 내가 건강해야 가족을 지킬 수 있다는 생각에 운동을 해야겠다고 결심했다. '비용도 안 들고 할 수 있는 운동이 뭐가 있을까!' 하고 생각하던 중, 마라톤을 하기로 결심했다. 내가 마라톤을 선택한 이유는 다른 운동들처럼 돈이 들어갈 것이 별로 없기 때문이었다. 운동화와 운동복만 있으면 되고 하려는 의지만 있으면 되는 것이 바로 마라톤이다. 물론 돈 들여서 마라톤에 필요한 용품들을 장만하면 좋겠지만 굳이 없어도 큰 지장은 없다.

곧바로 10월에 열리는 부천복사골 마라톤 대회 5km를 신청했다. 바로 신청을 한 이유는 뛰지 않으면 운동을 게을리 할 것 같아서였다. 그렇게 나는 마라톤을 처음 접하게 되었다. 처음 며칠은 저녁에 일 끝나고 도로를 왕복 3km 정도 뛰다가 부천시민회관 운동장을 뛰었다. 마라톤에 대해서 아무것도 모르는 나는 그렇게 혼자서 외롭게 일주일에 4~5번 정도 5km씩 매일 뛰었다. 입상보다는 대회 완주를 목표로 열심히, 아주 열심히 연습하였다.

드디어 대회 당일, 떨리는 마음으로 아침에 일어나서 혼자 준비하고 대회장인 종합운동장까지 4km 정도를 뛰어갔다. 헐떡이면서 도착하고 잠깐의 대회준비 후 드디어!!! 드디어!!! 스타트!!!

나의 첫 마라톤대회 참가가 총소리와 함께 시작되었다. 처음부터 나는 맨 앞에서 달렸다. 100m, 200m, 500m, 1km, 2km, 3km쯤 되었을 때 2등이 나를 추월하려고 해서 나는 있는 힘, 없는 힘을 다해서 따돌리려고 노력했다. 그분 역시 있는 힘껏 나를 추월하려 하였고 그렇게 우리는 4km를 달렸다. 4.5km 정도 쯤 되었을 때 한 명이 나를 추월했고 4.8km 정도 됐을 때 또 한 명이 나를 추월했다. 그렇게 도착점까지 달려 나는 5km를 17분 50초라는 기록으로 남자 3위를 차지했고 나를 추월했던 분은 4위를 하였다. 그러면서 나는 다짐했다. 다음에는 중간에 힘을 빼지 않고 힘을 남겨두었다가 마지막에 사용해서 더 좋은 기록을 갱신하기로.

그렇게 나는 내 생에 첫 마라톤대회에서 입상하고 더욱더 분발하여 다음 대회에도 꼭 참가하기로 결심했다. 그런데 나름의 이런

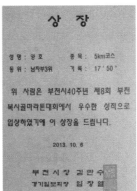

상 장

성 명: 왕호   종 목: 5km코스
등 위: 남자부3위   기 록: 17′50″

위 사람은 부천시40주년 제8회 부천
복사골마라톤대회에서 우수한 성적으로
입상하였기에 이 상장을 드립니다.

2013. 10. 6

부천시장 김만수
경기일보지장 입 장 열

저런 일들이 일어나기 시작하면서 나는 운동을 간간히 하다가 놓아 버렸다. 그리고 5년이 지난 2018년 5월쯤 다시 삶의 여유가 생겨 운동을 해야겠다는 생각이 들었다. 다시 5년 전에 신청했던 부천복사골마라톤대회에 10km에 도전해보기로 했다. 10km를 신청하고 나는 또다시 부천시민회관을 뛰기 시작했다.

그런데 이게 어떻게 된 일인가!

몸도 많이 무거워졌고 너무 힘들었다. 운동을 오랜만에 해서 그럴 것이라고 생각하고 연습에 전념하면 예전처럼 다시 기록이 나올 것이라고 생각했지만 나의 생각과는 달리 며칠을 했음에도 불구하고 기록은 여전히 제자리걸음이다. 마라톤은 정말 '정직한 운동'이라는 걸 느꼈다.

그렇게 뛰는 것에 대해 점점 재미를 못 느끼고 기록보다는 완주 목적으로 마라톤을 하려고 생각하고 있을 즈음에 이번에는 혼자 뛰는 것이 외롭다는 생각이 들고 마라톤에 대해서 제대로 알고 싶다는 생각이 들었다. 그래서 나는 마라톤동호회를 검색하였고 인터넷으로 활발히 활동하고 있는 부천두발로를 알고 2018년 10월에 가입하게 되었다. 가입하고 회원님들과 처음 만남은 바로 대회날이었다.

회원님들은 과분하게도 친절을 베풀어 주셨고 그렇게 친절하게 대해 주니 나도 금방 어색함이 없어졌다. 그렇게 또 한 번 10km를 완주했다. 기록은 48분53초, 77등.

그렇게 나는 그 뒤로 월드런대회에서 하프를, 챌린지 대회에서 32km를, 그 기세로 서울 동아마라톤에서 풀코스를 도전했다.

나의 소중한 재산, 마라톤 메달, 다양한 코스를 한 번씩 도전해 본 결과 장거리보다는 단거리가 맞는 것 같다는 생각이 들었다. 그래서 나는 결심했다. 5km는 입상을 해봤으니 이제 10km에서 입상을 한번 해보기로 목표를 정했다. 그렇게 결심을 하였으나 2019년 4월 나라사랑 마라톤대회 10km를 참가하였을 뿐 더 이상

첫 하프대회에서

뛰지 않았다. 그렇게 시간이 흘러 2개월 만에 두발로 아침 운동을 나갔는데 몸이 완전 무겁고 5km 뛰는 것도 이렇게 힘들기는 처음이었다. '역시 마라톤은 거짓말을 안 하는구나.' 다시 한 번 느꼈다. 마라톤은 내가 노력하고 땀을 흘린 만큼 성과가 나온다.

나는 2개월 만에 우리 회원님들 봤는데 회원님들 한 명 한 명이 날씬해져 있어서 놀라웠다. 마라톤은 건강뿐 아니라 확실한 다이어트 효과도 있는 것 같다.

도전은 아름다운 것이다. 마라톤은 설레임 그리고 힘듦. 지루함과 도전, 끈기, 노력, 희열, 기쁨, 뿌듯함 그리고 자신감, 건강 등등 너무 많은 것을 주는 운동이다.

어쩌면 너무 우리 삶과 닮아 있는 것 같다. 이제부터 열심히 연습하고 또 연습해서 10km에서 입상을 목표로 다시 한 번 뛰어 보려 한다. 오늘보다 더 잘 뛰는 내일, 그날을 위해 나는 오늘도 달린다.

달리기 '너'란 녀석

글쓰기를 시작하기 전 간단한 본인 소개가 있어야 할 것 같아 저를 소개하겠습니다. 지방이 고향인 저는 어릴 적부터 운동에 있어선 둘째가라면 서러울 정도로 신체조건이 좋았습니다. 초·중·고등학교에서 육상부를 했었고 체대에 진학할 정도로 잘 나갔었답니다. 군대를 갔다 온 후 생활체육 지도자 및 일반부 보디빌딩 대회도 출전 경험이 있습니다.

운동으로 먹고 살리라 생각했었는데 불의의 교통사고로 '장애인'이 되었습니다. 운동은 꿈도 못 꾸게 된 저의 다리는 오랜 재활치료로 그나마 걸을 수 있게 되었습니다.

그 후 그렇게 별다른 생각 없이 살다가 딸아이가 초등학생이 되어 참석한 운동회에서 아빠로서 아무것도 할 수 없는 저를 보게 되었습니다. 그 날 '반드시 보통사람만큼은 뛰겠노라' 결심하고 시작한 것이 바로 마라톤입니다. 달리기, '너'란 녀석과 만남은 이렇게 시작되었습니다.

그리고 1년이 지난 지금. 매주 있는 12km 훈련에 참석하고 있습니다. 다른 회원들보다 빠르게 달리진 못하지만 그리 어렵지 않게 완주하고 있습니다. 부천두발로에 들어와 시작한 마라톤은 나약해져 있는 나의 마음을 고쳐 주었고, 의사도 고쳐 주지 못한 나의

매주 일요일 아침 훈련 중에

다리를 고쳐 주었으며, 의욕이 없던 나의 삶을 활력 있게 만들어 주었고, 아빠로서의 강인함을 갖게 해주었습니다.

요즘 저는 같이 뛸 수 있는 회원들이 있고, 응원해 주는 가족이 있어 더 큰 힘으로 달릴 수 있습니다. 앞으로 저는 마라톤을 계기로 한층 더 성숙해진 두발로 회원으로, 남편으로, 아빠로 살아가려 합니다.

달리기, '너'란 녀석과 나는 꽤 오랫동안 함께할 것입니다.

마라톤을 시작하며

김보현

나는 마라톤을 2018년 7월 2일에 우연한 계기로 시작했다. 비가 오는 날 우연히 인천대공원에 들러서 시작하게 된, 생전 처음으로 뛰어보는 장거리였다. 인천대공원 12.5km 코스. 다음날 계단을 내려가기도 힘이 들었고 무릎에는 나사 빠진 의자처럼 삐걱 소리가 났으며 근육통은 3일 정도 지속되었다. 그런데 이상하게도 또 뛰고 싶게 하는 매력이 있었다. 숨이 턱까지 차오르고 완주의 환희와 덤으로 동호인들의 박수갈채가 너무 좋았다. 살면서 박수를 받아본 적이 별로 없었는데 이 악물고 끝까지 완주한 나의 마음을 알아주는 것 같아 고마웠다.

인생을 잘 살고 싶었다. 어릴 적에는 지금 내 나이(서른 넷)가 되면 번듯한 직장에 사랑하는 아내와 자녀를 낳아 가정을 이루고, 사람 구실하며 나름 행복하게 사는 나를 떠올렸었다. 하지만 인생은 듣던 대로 녹록치 않았고 근근이 살아가기에도 벅찼다. 세상은 열심히 사는 사람보다는 잘 하는 사람을 인정해주기에 내가 처음으로 인천대공원 완주 후 받은 박수는 잘하지 않아도 끝까지 버텨준 것만으로도 "수고했다. 고생했다."로 위로해준 것이라 느껴져 더 뜻 깊었다.

그렇게 마라톤 매력에 **빠져** 정기모임 외에도 고마운 분들과 함께 훈련을 이어갔다. 신기하게도 몸은 좋아지고 기록도 더 좋아졌다. 내가 침과 코를 흘려가며 한계에 노크하면 내 한계는 "진짜 한계는 제가 아니에요~"라고 나에게 대답하고는 나를 더 앞으로 치고 나가게 했다. 어제도 오늘 같고 내일은 뭐 오늘 비슷하겠지. 한마디로 '아 모르겠다의 삶'이 생명력을 얻은 느낌이었다. 새벽에 뛰고 출근을 하면 일단 표정에서부터 밝아진 게 느껴졌다. "아우~ 오늘 정말 뛰는데 죽을 뻔 했다." 말은 이렇게 하면서 신이 나서 훈련내용과 사진을 동호회 방에 떠들기도 하고 마라톤 대회에서의 소회(자기만 재미있음)를 주변 사람들에게 신이 나게 말했다. 그렇게 마라톤을 만나고 내 삶이 풍요로워졌다.

이제 나는 목표가 생겼다. 그것이 무엇이냐면 SUB-3(마라톤 풀코스를 3시간 내에 완주하는 것)이다. 이게 사실 일반인들에게 대단한 것은 아닐 수 있다. 가령 낚시를 할 때 '몇 cm 이상의 대어를 낚겠다', 혹은 볼링할 때 '애버리지를 몇으로 올린다' 등의 소소함의 극치 정도로 치부할 수도···. 그러나 마라톤을 하는 달림이들은 안다. SUB-3는 달성하기 힘들고 엄청나게 명예로운 기록이라는 것을. '그 어려운 것을 왜 하려하느냐?' 묻는다면 "마음대로 되지 않는 삶 그거라도 하고 싶다."이다. 그리고 한발 더 나아가 그 목표(서브3)를 이룬다면 이것을 내 인생에 대입하고 싶어서다. 철저한 자기관리와 성실한 훈련, 긴 여정을 묵묵히 완주하는 것, 뜻밖의

첫 풀코스 완주 후 셀카

난관에 마주했을 때에 지혜롭게 대처하는 것, 목표한 바를 이루는 것, 고마운 사람들을 잊지 않는 것 등과 함께 말이다.

종종 사람들은 마라톤을 인생에 비유한다. 하지만 인생은 마라톤과 다르게 어디가 끝인지도 모르고 길을 알려주지도 않는 나날이다. 어떻게 보면 마라톤보다 훨씬 더 힘든 게 인생길이다. 마라톤을 시작하며 배운 여러 가지 경험들을 이러한 내 삶에 접목한다면 재미있고, 잘 산 삶이 되지 않을까 기대해 본다.

꼴찌에게 보내는 갈채

송경아

　마라톤이라는 운동은 가끔 올림픽경기에서나 볼 수 있는 나와는 전혀 상관없을 것 같았다. 그런 운동을 시작한건 2018년 4월 쯤… 이미 마라톤 풀코스를 여러 번 뛰고 언니도 해보라는 동생의 권유 때문이었다. 운동이라면 어려서부터 제대로 하는 게 없었고 초등학교 운동회 달리기 조차 거의 꼴찌로 들어왔으며, 체력장도 제일 급수가 낮을 정도로 운동은 늘 나와는 안 맞는, 가까이 하기엔 먼 그런 단어라 생각했었다.

　그럼에도 불구하고 어찌 보면 재미도 없고 힘만 들 것 같은 달리기, 그것도 장거리 달리기를 시작하게 된 건 40대 중반을 넘어가면서 급격히 떨어지는 체력과 마음과 달리 늘 불어나는 몸무게를 더 이상 두고 볼 수 없었다.

마라톤 시작하고 날씬해진 동생네 부부를 보면서 나의 변화된 모습을 기대하며 부천두발로 동호회를 통해 매주 일요일 새벽마다 달리기를 시작하게 되었다.

기초체력도 없고 운동을 멀리하한 나는 두발로 첫 연습에서 몇 백 미터도 못가서 헥헥거리고 숨이 차서 거의 대부분을 걸었다. 끝나고 마시는 막걸리 한잔의 시원함과 같이 뛰어주면서 할 수 있다고 끊임없이 격려해주고 박수쳐주는 선배님들 덕분에 한주 한주 시간을 보낼 수 있었다.

처음 며칠은 제대로 걷기조차 어려웠고 여기 저기 쑤시고 안 아픈 곳이 없었지만 어떤 것이든 적응하기 마련일까! 휴일 아침을 일찍이 시작하는 상쾌함, 꼴찌로라도 완주할 수 있다는 기쁨에 그렇게 나의 초보 마라톤생활은 선배님들을 따라 한달 두달 가끔 10km 대회도 참가하면서 매주 일요일은 마라톤연습을 빼먹지 않 겠다고 굳은 각오를 다져보며 뛰게 되었다.

하지만 거기까지가 나의 한계인가보다. 다른 회원들은 가볍게 쉽게 뛰는 듯 보이는데 늘 난 속도도 제자리, 시간도 제자리다. 마라톤을 시작한 지 1년이 넘었지만 언제나 꼴찌로 완주, 일과 아이들의 양육을 핑계로 달리 운동을 할 수 없다는 수많은 이유와 핑계를 대면서 다른 회원들은 하프, 풀코스도 곧잘 뛰는데 난 늘 거기까지였다.

우리는 늘 다른 사람과의 경쟁에서 내가 어떤 위치에 있는지 일의 과정보다는 결과가 어땠고 그 결과물로 현재의 위치가 어떤지를 갖고 끊임없이 비교하고 스트레스 받는다. 하지만 마라톤은 10km, 하프, 풀코스를 완주하기까지 얼마나 많은 땀과 노력과 자신과의 수많은 싸움을 극복해 왔는지를 뛰어본 사람은 누구나 알 수 있는 운동이 아닐까 생각한다.

나와 옆 사람을 비교하기보다는 이번에도 포기하지 않고 완주하는 것, 그런 스스로를 대견해하면서 나와의 약속을 지켜나가는 과정이 아닐까 생각한다.

운동신경이 없는 나는 꼬박 만 1년을 채우고 첫 하프를 뛰게 됐다.

번호표를 달고 코스를 포기하지 않고 완주하겠다고 야심차게 시작했지만 1km 1km가 왜 이리 길고 결승선이 안 보이던지···. 15km를 넘어가면서 부터는 뛰는 것도 걷는 것도 힘들어서 중간에 포기하고 싶은 맘도 있었지만 먼저 가서 기다리고 있을 동호회 분들을 생각하며 겨우 겨우 한걸음씩 내딛다가 마침내 골인지점에서 기다려주던 부천두발로 회원들을 보는 순간 해냈다는 안도감과 뛰면서 힘든 순간들이 스쳐가면서 왜 그리 많은 눈물들이 쏟아지던지 가슴 벅찬 순간이었다.

사실 나는 대단한 기록을 보유한 것도 경력이 오래된 것도 아니지만 어떤 운동이든 1년 이상 해본 적이 없는 내가 1년 이상 꾸준히 할 수 있다는 것, 혼자 하는 외롭고 힘든 운동인 것 같지만 옆에서 같이 뛰면서 위로해주고 격려해주고 힘을 주는 동료들이 있다는 것, 운동신경 1도 없는 나 같은 사람도 시간과 훈련양이 많아질수록 아주 조금씩이라도 늘어가는 모습을 보면서 땀과 노

가운데 2697번이 필자

력은 배신하지 않는다고 느꼈다. 언젠가 나도 풀코스를 뛰게 될 그날을 기대하며 천천히 느리더라도 '꼴찌면 어때! 포기하지 않는 게 중요하지' 그 마음으로 오늘도 난 인천대공원으로 향한다.

마라톤이 준 선물

진명숙

2013년 2월에 찾아온 남편의 불의의 사고로 모든 것이 와르르 내 삶이 뒤바뀌었다. 우리의 삶속엔 수많은 인생의 회로가 놓여 있다는 것을 알았다.

"다른 여자들 운전하고 다니는 거 보면 운전하고 싶은 생각 안 들어?"

남편은 나에게 운전면허를 따라했다. 나는 그때까지 운전면허가 없었다. 심지어는 조수석에 앉아 있는 나에게 "차 시동을 켜봐라"고까지 했다. 나는 "못해~" 짜증을 내면서 차키를 돌려봤지만 결국 시동도 걸지 못했다. 남편에게 구박을 당하면서도 '살아생전에 운전면허증을 절대 따지 않으리'라는 것이 내 신념이었다. 나는 겁 많은 공주과, 운전은 무섭고 싫으니 남편이 해주면 되는 것이었다. 나는 남편에게 단호하게 말했다

"나에게 운전면허 따라하지도 말아. 꿈도 꾸지 마. 운전은 당신이 하면 되잖아."

그러던 내가 생사에 갈림길에 누워 있는 남편을 두고 오로지 둘째아들 고등학교 등하교를 시켜줘야 한다는 그 일념으로 운전면허증을 땄다. 발등에 불 떨어지니 불부터 꺼야 했다. 내 생활은 완전히 달라졌고 심지어는 성격도 바뀌어 갔다. 친구들도 주변에 지인들도 공통적으로 하는 말, "어머! 쟤 성격이 완전히 바뀌었어. 이제는 공주과에서 벗어났네!"라 하였다.

그렇게 한해 두해가 지났다. 남편은 교통사고 후유증으로 어린아이가 되어 깨어났고 생활은 어느 정도 안정을 되찾았다. 그러면서 나는 나를 돌아보기 시작했다. 도예, 골프를 하였으나 크게 흥미를 느끼지 못하였다. 그런 어느 날, 큰아들 초등학교 때부터 알고 지내온 동네 동생과 집 근교에 있는 중앙공원을 밤마다 운동 삼아 걷기로 했다. 하루 이틀 나날이 걷다 보니 뛰는 사람이 눈앞에 보였다. 그래서 옆에 같이 걷던 동생에게 "애, 우리도 저렇게 뛰어

볼까?” 했더니 대답은 “됐어~” 두 글자였다.

다음날, 걷다 보니 또 그 사람이 뛰고 있었다. 그 순간. 나는 무슨 힘인지 “에이 나도 뛰어볼래” 하며 따라 뛰었다. 십여 미터쯤이나 갔을까? 숨이 헐떡헐떡ㅋㅋ~. “그 봐~ 뭐하러 뛰어. 그냥 걷기나 하지” 같이 뛰던 동생은 퉁명스레 면박을 주었다.

그리고 며칠이 지나서였다. ‘마라톤 동호회라는 밴드도 있을 거야’ 중얼거리며 핸드폰에 쳐봤다. ‘부천마라톤’이 떴다. 글을 올렸다. 기억이 잘 안 나지만, “한 번도 안 뛰어봤는데 가입이 가능하냐?”고 그랬더니, 현재의 훈남! 훈련대장님 말하기를 “처음부터 잘 뛰는 사람 없습니다.” 했던가?

“암튼, 관심이 있으면 일요일마다 뛰니까 나오세요.”라 했다.

살아생전 운동이란 내 스스로 해본 적도 없었는데 마라톤복부터 신발까지 샀다. 마음이 먼저 앞섰다. 무언가를 찾고 싶었다. 생활의 활력소를 찾고 싶었다. 하지만, 옷가지를 준비하면서도 영 마음은 머뭇거렸다. 워낙에 낯가림이 심한 편이다. 구멍 속 목 내민 쥐가 나갈까 말까? 수서양단(首鼠兩端)이 따로 없었다.

2016년 8월 어느 날, 수많은 망설임 끝에 전화를 했다. "일요일 아침에 나가겠습니다." 8월의 여름비가 내렸다. 비오는 것을 의식조차 못할 정도로 경황이 없었다. 마라톤이란 것도 제대로 알지도 못하면서 마라톤 복을 입고 현관에서 신발을 신으려는 순간, 핸드폰 전화벨이 울렸다. 받았다. 훈련대장님이었다.

"진명숙 님! 오늘은 비가 오니까 다음에 나오셔도 돼요. 우리는 나와서 훈련하지만, ……."

뜨아악~, '원 이런 경우가~, 에이 몰라 나도 나갈 거야.' 오기가 생겼다.

이른 아침 빗속을 헤집고 아스팔트를 달리는 차바퀴 소리가 '쓰르럭쓰르럭'하였다. 뭔지 모르게 묘한 기분이 들었다. 이윽고 인천대공원에 도착했다. 처음 보는 부천두발로 동호인들이 비를 맞고 뛸 채비를 하고 있었다. 낯설었다. 모두가 하나같이 빗속에도 나왔다며 반갑다 악수를 청했다. 총 맞은 것처럼 얼떨떨한 마음으로 악수를 했다. 잠시 후, 간단한 준비운동과 함께 뛰기 시작했다.

비는 여전히 내렸다. 두발로 동호인들은 두 줄로 맞춰 차박차박 뛰었다. 몇 미터를 달렸을까? 숨이 차기 시작했다. 숨 조절이 안 되었다. 가슴이 터질듯했다. "휙휙헉헉!" 숨 가픈 소리에 맞추듯 비는 더 많이 내려 뿌렸다. 그렇게 내 마라톤은 시작되었다.

마라톤은 내게 큰 유산소 역할이 되어 주었다. 마라톤은 친구

같은 그림자 역할을 하였다. 생각 없이, 계획 없이, 그냥 뛰어보고 싶어서 시작된 '마라톤'이다. 처음엔 '그냥'이었다. 마라톤의 의미를 갖고 뛰는 사람들에게는 어쩌면 내 마라톤에 대한 인식은 넉넉히 자존감을 무너뜨리기에 충분했으리라. 하지만 지금은 아니다. 물론 내 두 발은 아직도 멀었다. 그래도 이게 어딘가!! 계단도 오르기도 숨이 차 한 계단 한 계단 오르다 쉬고 술 한잔 마시고 계단 오르다 숨이 차서 가슴을 치던 날도 있었는데 지금은 '가쁜가쁜'이다. 아~!! 얼마나 좋은지 모른다. '마라톤은 새 생명이었다.'

'째깍째깍' 숨 가쁜 시계소리 기록보다는 난 마라톤을 숨소리 리듬에 맞춰 즐기는 기록으로 할 것이다.^^~(마라톤맨들에게는 죄송) 내 마라톤은 게으르다. 그야말로 광속을 뛰는(입이 쩍쩍 벌어진다) 마라토너들, 100km를 밤새 뛰는 울트라맨들도 있다. 하지만 나는 10k, 20k를 자박자박 달린다. 그리고 부천두발로에 내가 있다는 그 하나에 대만족이다.

한주 두주, 한달 두달, 꾀 부린(?) 연습 끝에 10km 대회를 몇 번나갔다. (마라톤을 광속으로 집주하는 이들은 10km를 그냥 '즐런'으로만 생각하는 거 같다.) 나에게는 엄~청난 대회인데 말이다. 그렇게 10km 대회를 몇 번 치른 후 문학경기장에서 첫 하프에 도전을 했다.

내가 마라톤을 시작하고 주변 몇몇 친구와 지인들이 알았다.

그들은 "너같이 운동 싫어하는 애가 무슨 마라톤을 한다 그래". 대부분은 이렇게 코웃음처럼 흘러버렸다. 훈련대장님이 페이스메이커가 되어 주었다.

멈추면 안 된다. 무조건 뛰어야 한다. 입으로 끌어주고 손으로 등을 밀어주며 힘겹게, 힘겹게, 그리고 드디어 나는 완주했다. 21.0975km 하프 피니시라인을 통과했다! 지금은 "이야~~!!!" 환희의 기쁨을 누릴 수 있지만, 생각해보니 그땐 해냈다는 기쁨도 어떤 생각도 못 느꼈다. 그저 얼떨떨했다. 그러고 난 후, 친구들 모임자리에서 "나 하프 완주했어!" 하는 말에 친구들 이구동성으로 떠들었다.

"니가?? 학교 때도 체육하기 싫어서 꾀병 부렸던 니가?" 믿기지 않는 듯한 표정들이었다. 나는 대수롭지 않다는 듯 말했다. "그래~진짜야~. 뭐 기록증 보여줘, 두 시간 반 안에 들어왔어~ 자봐아~" 그때서야, "야~ 대단하다~", "어떻게 저렇게 바뀌었지~" 한바탕 왁자지껄 했다.

기록은 좋지 않았지만 그 뿌듯함, 그 기쁨이란, 그 감동과 격한 마음은 그 무엇과도 비교가 안 되었다. 무기력한 우울증 같은 마음에서 탈피하고자 이것도 저것도 해봤지만 찾아지는 건 없었다. 마라톤은 이를 말끔히 해결해주었다. 삶의 활력소, 마음의 유산소,

삶의 질, 따뜻한 사람들과의 만남, 마라톤이 나에게 준 선물이다.

고맙습니다. 부천두발로에게 감사합니다.

-우중련에 달리는 이 뿌듯함… 역시 달리기는 또
하나의 행복이다.-

하프(21.097km)

[하프마라톤 완주하기]

초보자를 위한 하프마라톤 훈련 방법

하프마라톤 훈련을 진행하려면 최소한 2개월의 달리기 경험과 적어도 일주일에 12~16km 정도의 달리기 경험을 가지고 있어야 한다.

하프마라톤 훈련 일정

- 월요일: 대부분의 월요일은 피로회복과 부상 방지를 위한 휴식일이다.
- 화요일과 목요일: 워밍업 후에 계획된 거리를 적당한 페이스(먼 거리를 달리는 페이스보다 약간 빠른)로 달린다. 달린 이후에는 마무리 훈련과 스트레칭을 한다.
- 수요일: 수요일은 휴식과 30~45분 정도의 가벼운 크로스트레이닝(교차 훈련)을 진행한다.
- 금요일: 30~45분 동안의 가벼운 크로스트레이닝을 한다. 금요일에 몸이 무겁게 느껴지는 경우 충분한 휴식을 취한다.
- 토요일: LSD(Long Slow Distance) 훈련을 진행한다. 계획된 거리를 편안하게 대화할 수 있을 정도의 페이스로 달린다.
- 일요일: 회복 주를 위해서 짧은 거리를 편안하게 달린다. 인터벌 또는 교차 훈련을 진행해도 된다. 가벼운 스트레칭으로 운동을 마무리한다.

	월	화	수	목	금	토	일
1주차	휴식	3km 달리기	휴식	4km 달리기	휴식	5km 달리기	20~30분 회복주/ 교차 훈련
2주차	휴식	3km 달리기	휴식	5km 달리기	교차 훈련 /휴식	6.5km 달리기	20~30분 회복주/ 교차 훈련
3주차	휴식	4km 달리기	교차 훈련	5km 달리기	휴식	8km 달리기	20~30분 회복주/ 교차 훈련
4주차	휴식	5km 달리기	교차 훈련	6.5km 달리기	휴식	9.5km 달리기	20~30분 회복주/ 교차 훈련
5주차	휴식	5km 달리기	교차 훈련	5km 달리기	휴식	11km 달리기	30분 회복주/ 교차 훈련
6주차	휴식	6.5km 달리기	교차 훈련	6.5km 달리기	휴식	13km 달리기	30분 회복주/ 교차 훈련

	월	화	수	목	금	토	일
7주차	휴식	6.5km 달리기	휴식	6.5km 달리기	교차 훈련	14.5km 달리기	30분 회복주/ 교차 훈련
8주차	휴식	6.5km 달리기	교차 훈련	5km 달리기	휴식	16km 달리기	30분 회복주/ 교차 훈련
9주차	휴식	8km 달리기	교차 훈련	6.5km 달리기	휴식	18km 달리기	휴식
10주차	30분 회복주/ 교차 훈련	6.5km 달리기	휴식	5km 달리기	교차 훈련	19km 달리기	30분 회복주/ 교차 훈련
11주차	휴식	교차 훈련	휴식	5km 달리기	교차 훈련	8km 달리기	30분 회복주/ 교차 훈련
12주차	휴식	3km 달리기	20분 달리기	휴식	20분 달리기	**Half마라톤 완주!**	휴식

99세 때, 100세 이하 1등을 위하여

안 영 원

글쓰기는 초등학교 때 일기쓰기가 전부였고 뜀박질에 전혀 관심도 없고 소질이 없는 내가 두 가지 모두를 하게 될 줄이야. '이게 인생이 아닌가?' 하는 생각을 하며 몇 자 적어 봅니다.

뜀박질엔 전혀 관심도 없고 할 거라곤 생각도 못했던 나였다. 아침 마다 수영을 했기에 더욱이 그러했으리라 생각한다. 출근길 집 앞 사거리에 플래카드에 '100주년 3.1절 마라톤 대회'를 개최한다는 게 눈에 들어왔다. '100주년이라, 10km 마라톤 한번 해볼까?' 하는 생각에 10km를 신청했다.

초등학교 2학년인 아들한테 말버릇처럼 하는 게 "잘 하는 것도 좋지만 못해도 좋으니 재미있게 즐기는 걸 배우라"고 한다. 빨리 하는 게 중요한 게 아니라 끝까지 포기하지 않고 최선을 다하는 게 중요한 거라 말한다. 말만 하기보다 직접 보여주는 아빠로 보이고 싶었다.

2018년도에 아들에게 포기하지 않는 아빠의 모습을 보여 주기 위해 강릉 바다수영 15km를 완영했었다. 아들에게 완영 메달을 걸어주니 기뻐하며 좋아라 한다. 1등으로 들어오진 못했지만, 이렇게 포기하지 않고 최선을 다하며 골인하는 거라 말해주었다. 수영하는 동안 돌아가신 할아버지 할머니가 눈에 보이는 것 같았다.

3.1절 1주일을 남겨놓고 헬스장 러닝머신에 올라 10km를 뛰어보기로 했다. 10km는 군대 행군 이후로 가장 멀리 뛰어보는 거리인지라 걱정도 되었지만 걱정을 한다고 해결되는 게 아니고 뛰어야 해결되는 거다. 시작 버튼을 누르고 그렇게 나의 첫 마라톤의 첫발을 내딛게 되었고 10km가 그렇게 길고 지루한지 처음 알게 되었다. 그렇게 10km를 뛰는데 57분이란 시간이 나왔다. 인터넷을 검색해 보니 막상 뛰면 사람들도 많고 지루하지 않을 거라고, 10km는 할 만하다고 해서 자신감 있게 뿜뿜!!

대회 당일 미세먼지를 들이키며 골인하였다. 아들이 지켜보고 있었다. 1시간 안에 들어올 수 있을까? 결과 생각보다 잘 뛰었다. '52분!'

집으로 돌아가는 길 '두발로', '복사골' 현수막이 보였다. 집에 와서 부천마라톤 밴드 검색을 하니 여러 개가 보였다. '어딜 노크 해 볼까?' '두발로마라톤'에 가입신청을 하니 훈련대장님이 전화를 주셨다. 일요일마다 인천대공원에서 훈련한다기에 일요일 아침에 차 시동을 걸고 가면서도 망설여졌다. 도착해서 옆 차에서 내리신 대장님이 알아보시고 먼저 인사를 건네 주셨다. 훈련 거리는 대략 12.5km란 말에 멘탈이 약간 흔들렸다. '잘 할 수 있을까?' '처음 보는데 폐를 끼치진 않을까?' 이런저런 생각을 하며 출발하였다. 공원을 벗어나고 언덕길이 까마득히 느껴지고 후회가 막심했고 이불 속이 그리워졌다. 내 자신을 원망하며 대장님 옆에서 죽어라 달렸다. 내가 선택한 거고 결정한 거니, 누굴 원망할 수도 없는 일. 반환점에서 물 한 모금 마시고 다시 출발. 출발지점을 향해 다시 뜀박질을 대장님 옆에서 시작하고 출발 지점에 도착하니 나름 뿌듯, 자신감 뿜뿜.

세 번 훈련 참가 후 하프코스를 혼자 검색 하고 있는 나를 발견하고 정신 나갔다는 생각을 해본다. 3월말 상암에서 건설인 마라톤 참가 결심하고 나름 준비를 했다. 줄넘기 2시간, 중앙공원 달리기, 60층 계단 3번 왕복. 대공원 훈련코스 2번 왕복 등등 나름 혼자 할 수 있는 건 다해본 듯하다.

드디어 결전의 날, 첫 출전이니 걱정 반 설렘 반을 안고 뜀박질이 시작되었고 하프 반환점을 돌며 다시는 안 하겠다는 다짐을 하며 달렸다. 1시간 45분이란 기록이 나오고 처음이라 잘 한 건지 못한 건지도 모른 채 단톡방에 올리니 회원님들의 축하와 격려를 받았다. 감사할 따름이었다. 행주대교 국숫집에서 국수 2그릇을 먹어치우고(위장이 그렇게 까지 늘어날 줄 몰랐음) 집에 도착하니 걷지 못할 만큼 통증이 밀려왔다. 하루 종일 누워 시체놀이 아닌 시체놀이를 하고 나니 저녁이 되자 조금씩 걸을 수 있게 되었다.

그렇게 첫 하프를 마치고 두 번째 '바다의 날 마라톤' 하프를 회원님들과 같이 하게 되었다. 반환점까지는 바람을 등지고 뛰어서 힘든지 모르고 뛰었는데 올 때는 맞바람 때문에 정말 힘들었던 기억이 난다. 내가 힘들면 남들도 힘들다. 지금 걸으면 못 뛸 거 같아 힘겹게 뛰어 결승점을 향해 한 발 한 발 내딛는다. 그래도 2번째 하프라고 뛰고 나서 여유도 있고 힘도 남아 있고 다리도 안 아프다. 돌아오며 대장님께 "이렇게 좋은 걸 왜 이제야 알았을까요?" 물었던 기억이 나는데 정신이 없어서인지 뭐라고 하셨는지는 기억이 안 난다. 42세에 마라톤을 처음 접하고 2달 만에 하프 2번을 할 만큼 나도 모르게 마라톤이란 매력에 빠져들어 있는 나를 발견했다.

나는 올 9월 말에 있는 풀코스에 도전해보려 한다. 하프보다

곱절은 더 힘들다고 들었다. 흔히들 인생은 마라톤에 비교를 많이 하는 걸 본다. 지인분의 얘기로는 나이가 들수록 감당하는 삶의 무게가 무거워진다고 들었는데 정말 그런 것 같은 생각이 들 때가 있다. 풀코스도 32km부터에서 시작이란 얘길 들었다.

군 제대 하고 부천에 올라와 10여 년 동안 컨테이너에 살며 돈을 모았다. 남들도 다들 그렇게 객지생활을 하는 줄 알았는데 지금 생각해보면 나만 그렇게 생활한 것 같다. 여름에 에어컨 없이 겨울에 전기장판 하나 켜고 생활한 걸 생각하면 젊은 혈기에 세상

첫 마라톤 10km 완주 후

첫 풀코스 완주 후

모두 결승선에서 주형이 너와 함께였어. 고마워!

물정 모르고 앞만 보며 살아왔던 것 같다. 결혼 11년이 지난 지금 돌아보면 총각시절 컨테이너 생활도, 결혼 생활도, 마라톤도 그냥 앞만 보고 달린 것 같다. 앞으로도 그러 할 것이고 나를 위해 가족을 위해 두발로 마라톤을 위해 앞으로도 달리고 싶다.

나는 마라톤 대회에서 등수 안에 들 자신이 없다. 그래서 작다면 작고 크다면 큰 꿈인데 99세 때 100세 이하 마라톤에서 1등 해보는 밑그림을 그려보며 글을 마무리 한다.

두발로 파이팅!! 안영원 파이팅! 100세 이하 1등을 위하여….

귀여운 20살 두발로 막내, '소리의 마라톤 이야기'

소리

나는 올해 27살이다. 조금 빠르지만 한 아이의 엄마이자 자유롭게 살고 싶은 여자다. 임신과 동시에 '임산부는 많이 먹어도 되니까'라는 생각에 먹고 자고, 먹고 자고를 매일 반복하였다. 출산 후 역시 반복되는 하루에 아이와 외출은 내가 더 힘들기에 집에만 있게 되었다. 나가서 노는 걸 좋아했던 나로서는 육아를 감당하기가 힘들었다. 우울한 마음에 스트레스를 먹는 걸로만 푸는 생활의 악순환이 반복되었고 급기야 몸무게가 무려 80kg까지 불어났다. 바지며, 입었던 반팔이며, 조만간 직장에 복귀를 해야 하는데 출산 전 입었던 위생복이 작아져 더 이상 입을 수 없었다. 이렇게 살다가는 '우울증에 미쳐 죽겠구나' 싶은 생각이 들었다.

난 투원반 운동을 했었다. 운동에 대해서는 어느 정도 알고 있었다. 이런 경우는 유산소운동인 달리기가 가장 효율적인 운동이다. 어느 날, 신랑이 퇴근하는 밤 11시에 아이를 재우고 나가서 무조건 뛰었다.

그리고 그 해 가을, 첫 10km 부천마라톤을 출전했다. 이것이 내 마라톤의 첫 시작이다. 그러나 이것도 잠시였다. 혼자서 운동을 하려니 일주일 정도 뛰고 귀찮아지기 시작했다. 작심삼일이라는 말을 이럴 때 쓰는 것이 맞을까? 이런 방식으론 안 되겠다 싶어 마라톤 카페, 마라톤 동아리를 찾아 같이 운동할 사람들을 찾았고 부천두발로를 만났다. 그리고 곧바로 동호회에 가입했다.

솔직한 마음은 그랬다. 부천두발로 밴드(https://band.us/band/)의 사진 속 회원들의 연령대가 조금 높은 것 같았다(?). '내가 이 동호회에 들어가도 될까!' 싶은 마음이었지만 생각과 달랐다. 걱정과 달리 회원들은 다들 너무 잘해주셨고 비록 나이는 나보다 많았지만 첫 훈련을 같이하는 동기이자 운동 친구가 생겨 너무 좋았다.

훈련을 한 달 정도 했을까! 김포에서 열리는 마라톤 대회가 있었다. 10km를 잘 뛰었던 나는 하프를 도전하고픈 마음으로 겁도 없이 신청하게 되었다. 출발을 하고 '10km처럼 쉽게 잘 뛰겠지' 하는 마음으로 겁도 없이 빨리 뛰다가 결국 나는 걷고 뛰고를 반복한 뒤 2시간 30분 만에 들어오게 되었다. 김포대회는 '마라톤은 노력 없이는 아무 것도 얻을 수 없다'는 걸 깨닫게 해주었다.

마라톤 동호회를 들어오고 여러 사람들과 함께 뛰다 보니 마라톤도 사람마다 즐기는 방식이 다 다른 걸 보게 된다. 어떤 분은 완주에 의미를 두고 즐겁게 뛰시고, 어떤 분은 기록 상관없이 그냥 뛰는 자체가 좋아 뛰시고, 어떤 분은 기록을 앞당기는 쾌감에 즐겁게 뛰신다. 나는 그 중에서 기록을 앞당겼을 때 느끼는 기분이 너무 좋아 뛰고 있다.

동호회에 가입한 후에 기록을 좀 더 앞당기고 싶어 평일에도 출근 전 연습을 하기 시작하였다. 그 후에 가장 기억에 남은 대회가 있다면 2019년 1월 27일 서울에서 열렸던 월드런 10km이다. 출발을 하고 뛰는데 새로 산 타이즈가 불량인지 계속 내려가 1km 지점을 가기 전 화장실을 가서 타이즈를 올리고 다시 뛰기 시작했다. 이날은 뛰는데 몸이 무척이나 가볍다고 느껴졌으며 사람 하나, 둘을 제쳐가며 뛰는데 너무 즐거워 뛰는 내내 신났다. 반환점을 돌기 전 여자 선두가 보여 뒤에 여자가 몇 명인지 뛰면서 세어보는데 이런 일이! 내가 6등이었다. 5등을 따라 잡을 수 있는 거리여서 8km 지점에서 5등을 제치고 내가 그 5등이 된 짜릿한 기분이 아직도 잊혀지지 않는다. 골인지점에 들어오고 '5위 입상 예정자'라는 대기표를 받았을 때는 기분이 너무 좋아 날아가는 줄 알았다. 이것이 마라톤 인생 첫 입상이었다. 기록은 49분 42초였다. 여태까지 뛰면서 1km를 4분대 지속으로 뛰어보는 게 처음이라 내 기록에 내가 너무 놀라 가슴이 설렜다. '내가 아직도 무언가를 할 수 있구나!'라는 생각에 가슴이 쿵쾅쿵쾅 뛰었다. 동호회에서 같이 온 분들은 모두 하프신청을 하였기에 혼자 시상을 받았던 것이 조금 쓸쓸했지만 지금 생각해도 너무너무 뿌듯한 날이었다.

나는 앞으로도 꾸준히 즐겁게 스트레스 받지 않으며 마라톤을 할 것이다. 한번 시작을 했으니 풀코스 Sub-3 명예의 전당에 한번쯤은 발 한번 올려놓고 싶다. 42.195km를 2시간 59분에 완주를 하려면

2019년 카리수마라톤대회에서(5등보다 더 잘 뛴 2등 대회 사진)

최소한 5km, 10km는 3분 59초 페이스는 뛸 수 있어야 한다고 생각한다. 1km를 4분 페이스, 빠르면 3분 50초~59초 페이스가 지속될 수 있도록 인터벌 훈련을 통해 차츰차츰 숨이 트이도록 할 예정이다. Sub-3를 위한 나의 목표는 5km-196분 59초, 10km-39분 59초, half-1시간 25분 00초이다. 현재는 1km~2km 정도를 숨이 안치게 4분 페이스 유지를 목표로 달리기를 연습하고 있다.

이 글을 보고 혹 오해를 하는 분이 계실 것 같아 한 줄을 덧붙인다. 내가 저런 목표를 세웠다고 기록에 연연하여 스트레스를 받지 않는다는 사실이다. 나는 더 잘 뛸 수 있다는 생각에 항상 기쁘게 뛰고 있으며 같은 목표를 가진 사람들과 함께 뛰는 시간이 신나고 재미있을 뿐이다.

마라톤을 시작한 후 모든 생각을 긍정적으로 하게 되었다. 아침 출근 전 한바탕 뛰어주고 출근을 하면 그 날 기분은 하루 종일 좋다. 나는 어릴 때부터 전화통화를 5분이 넘어가는 긴 통화를 하는 것이 스트레스였지만 동호회 동기 친구와 마라톤에 관한 주제로 통화를 하면 1시간도 모자를 만큼 통화한다. 지금 나에게 마라톤은 삶의 원동력이다. 마라톤은 나의 기분을 좋게 만들어주고 마라톤은 나의 삶의 질을 높여준다. 나는 살아가면서 평생 마라톤을 하며 기분 좋게 살아가려 한다. 귀여운 20살 두발로 막내, '소리의 마라톤 이야기'는 오늘도 계속된다.

가문의 영광

임미순

엄마의 외출은 시작되었다. 불혹의 나이쯤 되니 아이들도 어느 덧 청소년 시기를 또래와 즐기게 되면서 자연적으로 엄마의 역할 이 줄어든 덕분이다. 30대에는 나를 잊고 가족을 위해 정신없이 앞만 바라보며 산 기억밖에 없다.

이제, 별다른 잘난 것도 없이 무엇을 해야 하나…. 삶의 균형이 무너지는 순간 나만을 위한 세상을 갖고 싶어 뛰어든 곳이 마라톤 이다. 마라톤처럼 정직한 운동은 나와 참 잘 맞는다. 난 기교를 부리거나 눈치가 빠른 것도 아니고 약삭빠르게 행동도 못한다. 머리를 써서 하지도 않아도 되고, 그냥 조용히 길 위를 뜀박질하면 서 헐떡거리는 거친 숨소리와 함께하다 보면 복잡한 머릿속이 정리되고 나도 모르게 마음이 가벼워진다. 내 안에 욕심처럼 채우고 있던 것들이 무의미할 정도로 다 내려놓아진다. 자연스럽게.

기나긴 주로에 내 고통이 비례하듯 마라톤은 뛸 때마다 힘들다. 그래도 나는 뛴다. 나 자신을 위해. 그렇게 뛰고 난 뒤 다 잊어버리고 새로 세팅한 머릿속을 느껴본다.

누구나 역경을 딛고 다시 일어난 기억이 있을 것이다. 마라톤을 시작하고 첫 겨울에 참가했던 〈2018 모이자! 달리자! 월드런 마라톤대회〉는 잊을 수 없는 경험이었다. 대회장은 체감온도 영하 14도의 기온, 흐르던 한강물도 꽁꽁 얼어 버린 날씨다. 그야말로 '동장군'의 기세가 등등하였다. 맹추위 예보가 연일 이어졌지만, 대회에 참가한 러너들의 열기는 한강의 얼음도 녹일 만큼 뜨거웠다. 달려보겠다는 내 다짐도 변함없었다.

대회 일주일 전부터 인터넷 사이트를 여기저기 돌아다니며 마라톤에서 입을 용품을 사들였다. 기모 쫄쫄이바지, 기모 티, 장갑, 머플러, 모자, 바람막이를 고르며 완벽하게 출전 준비를 했다.

철저히 준비했다고 생각하며 겁 없이 덤빈 나! 까짓것 '하프쯤이야' 하는 생각과 골인 지점을 의기양양하게 들어오는 거침없는 상상도 해보았다. 하지만 한강변 경기장에 들어서자 매서운 날씨가 나를 엄습하였다.

"선배님, 왜 이렇게 춥지요?"

"뛰기 시작하면 체온이 올라가니 괜찮을 거야."

비상 추위에 대비해 준비한 세탁소 비닐을 임시 겉옷처럼 걸치고 달렸다. 한강의 칼바람은 손가락 끝이 시리고, 특히 허벅지 부분에 살을 에는 듯한 고통을 느꼈다. '겨울철 달리기는 이런 고통을 이겨내야 하는 것인가.'보다 생각하였다

상황은 점점 악화되었다. 달리는 데도 몸은 열기 없이 체온이 계속 떨어졌다. 미사리 방면으로 올라가는 긴 언덕은 특히 힘들었다. 무릎에도 이상 신호가 왔다. 그러고 보니 새로 장만한 기모 바지가 보온이 전혀 안 되었다. 인터넷 쇼핑몰에서 몇 번이나 장바구니에 넣었다 뺐다 하며 고른 옷인데……. 이런 요가용 기모 옷은 마라톤 옷으로 사지 말았어야 했다. 보온은커녕 바람이 제 집처럼 들어왔다. 옷가지 하나에도 신중을 기했어야 했다. 후회를 하였지만 도리 없는 일이었다. 날씨는 점점 더 추워지고 매서운 바람까지 불어댔다. 하프 반환점에 왔을 무렵, 내 몸은 이제 뛸 수 없다는 신호를 계속 보내왔다. 근육이 경직돼 무릎 관절은 아예 굳어서 펴지기조차 않았다. 그래도 회원들과 마주치면 약한 모습을 보이지 않으려고 손까지 흔들어 가며 미소도 보였다.

이제는 하반신 무릎 관절 통증까지 왔다. "제발 좀 가자"고 아무리 몸에게 주문을 넣어도 소용없었다. 하지만 이미 하프를 지나 몇 km는 더 왔는데 여기서 포기할 수 없었다. 이를 앙 다물었다.

특히 통증이 심한 왼쪽 다리는 꼿꼿이 세웠다. 오른쪽 다리로 한 발, 한 발, 옮겼다. 팔을 힘차게 휘둘렀다. 그 주법으로 조금씩 조금씩 나아갈 수 있었다. (우리 두발로 회장님 주법으로 다리에 힘이 없을 땐 팔치기로….)

마라톤 주자들이 앞뒤로 한 명도 보이지 않았다. '조금만 참으면 될 거야, 조금만 더…. 15km 구간까지 가면 자원봉사자가 있을 거야.' 하는 말을 되뇌었다.

그러나 15km 지점까지 안간힘을 다해 왔으나 자원봉사자마저도 철수해버렸다.

'내 마라톤은 여기서 끝인가?…'

신께 빌었다.

"내게 능력주시는 자 안에서 모든 것을 할 수 있느니라."

앞으로 나아가지 않으면 안 된다는 의지가 다시 솟았다. '그래할 수 있어. 앞으로 나갈 뿐이야.' 나는 내 자신에게 주문은 외웠고 나를 믿었다.

18km 지점이 보였다. 그 순간, 저 멀리서 앰뷸런스 소리가 들렸다. 삐뽀삐뽀! 내가 들어오지 않자 무슨 일이 난 것이라 직감한 '두발로 동호회'에서 구급차를 불러 같이 온 것이었다.

그들을 보는 순간, 감동의 눈물이 왈칵 흘렀다. 나는 이미 100미타조차 더 갈 힘이 없었다.

앰뷸런스에 몸을 실었다. 회원들은 따뜻한 국물을 챙겨 주었고, 몸을 바로 녹일 수 있도록 목욕탕에 데려다 주었다. 추운 날씨로 인해 경직된 근육과 관절을 풀어 주기 위해 온찜질과 반신욕을 충분히 해주었다. 동호회원들에게 감사함을 다시 한 번 새기며, 늘 혼자 살아갈 수 없다는 것을 느꼈다.

이번 마라톤에는 하프를 3시간, 그것도 완주를 못한 처절한 실패였다. 하지만 이것도 배우는 과정이고 경험일 거라 생각하며 실패 속에 도전을 외쳐보았다. 매주 동호회원들과 꾸준히 연습을 하였다. 마라톤은 자만하지 말아야 하고 딱 노력한 만큼만 결과로 나타나는 운동이란 것을 명심하게 되었다.

1년이 지났다. 〈2019 모이자! 달리자! 월드런 마라톤대회〉에 다시 도전장을 내었다. 결과는 내 최고의 기록인 1시간 58분으로 들어왔다.

"실패는 성공으로 가는 관문이다. 실패를 피하는 사람에게는 성공도 비켜간다"는 말처럼 실패는 성공으로 가는 하나의 관문이다. 긴 주로를 달리는 마라톤은 나에게 배우고 성장할 수 있다는 것을 깨우쳐주었다.

마라톤은 비틀거리는 삶을 균형 있게 잡아주고 미래에 대한 도전까지 선물해주었다. 새로 시작한 회사 업무도 어려움 없이 헤쳐 나갈 수 있다는 자신감이 생겼다. 점점 웃음이 많아지면서 행복의 지수도 높아갔다. 삶의 어느 부분을 더 노력해야 하는지 깨닫고 내가 미처 알지 못했던 힘도 발견했다.

이제 나는 42.195km를 거뜬히 완주하면서 끈질기게 다시 일어나는 법을 배웠고 정신력도 강해졌다. 마라톤을 하며 나 자신을 다독거리는 법도 깨달았다. '다소 부족해도 괜찮다'고 나에게 스스로 응원한다. 내 삶은 그렇게 마라톤을 하며 전보다 훨씬 평온하고 만족스러운 삶으로 변화하였다.

42.195km 풀코스를 완주하고 돌아온 나에게 남편이 이렇게 말했다.

"거 '가문의 영광'인걸."

가을의 전설 2018 춘천마라톤대회 우중주를 만끽하며

풀코스(42.195km)

[풀코스마라톤 완주하기]

초보자를 위한 풀코스마라톤 훈련 방법

풀코스마라톤 훈련을 진행하려면 최소한 6개월의 달리기 경험과 적어도 일주일에 19~24km 정도의 달리기 경험을 가지고 있어야 한다.

풀코스마라톤을 뛰려면 자신의 몸 상태를 정확하게 알고 있어야 하며, 레이스 도중 무리가 온다면 그 즉시 레이스를 중단하는 것이 좋다. 레이스 중간에 충분한 수분을 섭취하며 장거리 레이스를 위해 초코파이, 바나나, 파워젤 등을 통한 에너지 섭취가 반드시 병행되어야 한다.

풀코스마라톤 훈련 일정

- 월요일: 대부분의 월요일은 피로회복과 부상 방지를 위한 휴식일이다.
- 화요일과 목요일: 워밍업 후에 계획된 거리를 적당한 페이스(먼 거리를 달리는 페이스보다 약간 빠른)로 달린다. 달린 이후에는 마무리 훈련과 스트레칭한다.
- 수요일: 수요일은 휴식과 30~45분 정도의 가벼운 크로스트레이닝(교차 훈련)을 진행한다.
- 금요일: 30~45분 동안의 가벼운 크로스트레이닝을 한다. 금요일에 몸이 무겁게 느껴지는 경우 충분한 휴식을 취한다.
- 토요일: LSD(Long Slow Distance) 훈련을 진행한다. 계획된 거리를 편안하게 대화할 수 있을 정도의 페이스로 달린다.
- 일요일: 회복주를 위해서 짧은 거리를 편안하게 달린다. 인터벌 또는 교차 훈련을 진행해도 된다. 가벼운 스트레칭으로 운동을 마무리한다.

	월	화	수	목	금	토	일
1주차	휴식	5km 달리기	교차 훈련	5km 달리기	휴식	6.5km 달리기	5km 회복주
2주차	휴식	5km 달리기	휴식	5km 달리기	교차 훈련/휴식	8km 달리기	5km 회복주
3주차	휴식	5km 달리기	교차 훈련	6.5km 달리기	교차 훈련/휴식	9.5km 달리기	5km 회복주
4주차	휴식	5km 달리기		6.5km 달리기	교차 훈련/휴식	6.5km 달리기	5km 회복주
5주차	휴식	6.5km 달리기	교차 훈련	6.5km 달리기	교차 훈련/휴식	9.5km 달리기	5km 회복주
6주차	휴식	6.5km 달리기	교차 훈련	6.5km 달리기	교차 훈련/휴식	13km 달리기	5km 회복주
7주차	휴식	6.5km 달리기	교차 훈련	6.5km 달리기	교차 훈련/휴식	16km 달리기	5km 회복주
8주차	휴식	6.5km 달리기	교차 훈련	6.5km 달리기	교차 훈련/휴식	13km 달리기	5km 회복주
9주차	휴식	6.5km 달리기	교차 훈련	6.5km 달리기	교차 훈련/휴식	19km 달리기	휴식
10주차	6.5km 회복주	6.5km 달리기	휴식	6.5km 달리기	교차 훈련/휴식	16km 달리기	5km 회복주
11주차	휴식	6.5km 달리기	교차 훈련	6.5km 달리기	교차 훈련/휴식	22.5km 달리기	5km 회복주
12주차	휴식	8km 달리기	교차 훈련	8km 달리기	교차 훈련/휴식	16km 달리기	5km 회복주
13주차	휴식	6.5km 달리기	교차 훈련	8km 달리기	교차 훈련/휴식	25.5km 달리기	5km 회복주
14주차	휴식	6.5km 달리기	교차 훈련	8km 달리기	교차 훈련/휴식	19km 달리기	5km 회복주
15주차	휴식	6.5km 달리기	교차 훈련	8km 달리기	교차 훈련/휴식	29km 달리기	휴식
16주차	5km 회복주	8km 달리기	휴식	9.5km 달리기	교차 훈련/휴식	19km 달리기	5km 회복주
17주차	휴식	6.5km 달리기	교차 훈련	9.5km 달리기	교차 훈련/휴식	32km 달리기	5km 회복주
18주차	휴식	6.5km 달리기	교차 훈련	6.5km 달리기	교차 훈련/휴식	19km 달리기	5km 회복주
19주차	휴식	5km 달리기	20분 달리기	5km 달리기	교차 훈련/휴식	13km 달리기	5km 회복주
20주차	휴식	3km 달리기	20분 달리기	휴식	20분 달리기	풀코스마라톤 완주!	휴식

숨 세 번 고르면 되겠네

김명균

오늘 아침에도 어김없이 일어나면 이런저런 생각이다. 무슨 내용일까? 지친 일상에 소주 한 잔 걸치고 나면 책상 위에는 알수 없는 단어만 보일 뿐이다. 인생의 쓴맛을 경험한 중년층에 크고 작은 변화가 일어날 것이라 믿어 의심치 않는다. 그날, 친구와 술자리 그 자리에서 나는 마라톤을 알았다. 친구는 이렇게 말했다.

"나 자신을 깨우치고 자신의 힘을 깨닫는 것!"

"무궁무진한 힘을 발산하는 것!"

친구는 웅변하듯 말했다. '성공을 부르는 자신감 있는 친구 목소리'였다. '친구 따라 강남 간다'고 했던가. 그렇게 가물가물 혼미해지는 정신과 소줏잔 속에서 달리기는 시작됐다.

어느덧 8년 세월이 흘렀다. 8년 동안 1년에 하프 50회. 풀코스 10회 나름대로 달리는 시간을 가졌다. 인정한다. 그렇게 몇 년을 했어도 잘 달리지도 못한다는 것을. 도전을 즐길 줄 아는 패기도 없다. 남들처럼 열정이 넘치지도 않는다.

그러나, 그러나다. 나는 인생의 목표를 향해 끊임없이 노력할 수 있도록 나를 다독인다. 마라톤을 하며 전에 없던 용기를 내보고 도전도 해본다. 앞자리는 아니지만 시작도 남들보다 못할지라도 한걸음 한걸음 성장해 나가는 변화된 삶을 추구한다. 단지 달리기만 할 뿐인데 내 삶은 서서히 바뀌고 있다.

달리기하기 전엔 체력도 형편없었고 그러다 보니 무언가 해볼 의욕도 별로 없었다. 사는 것도 즐겁기는커녕 늘 지루했고 무료한 나날이었다. 처음엔 달리기 역시 그저 그랬다. 솔직히 신나거나 즐거운 건 아니었다. 뛸 때마다 힘들고 숨이 넘어갈 듯 하고 뛰고 나면 여기저기 아픈 게 짜증도 났다. 가끔은 속으로 '제기랄 마라톤, 이깟 걸 내가 왜 해야 해'라 욕도 많이 했다.

하지만 '내가 왜 이런 쓸데없는 짓을 하지? 시간에 노력에…' '다신 이까짓 달리기 하나 봐라. 내가 미쳤지.' 이런 생각을 하면서도 대회마다 달렸다.

달리기 때려치운다고 다짐도 여러 번 했다. 이상한 것은 이러한 생각이 금방 잊힌다는 사실이다. 결승점에 들어오고, 누군가 건네

준 물 한 모금 마시고 나면, 마치 기억상실이라도 된 것처럼….

이제는 시간이 지나면서 조금씩 체력도 붙고 지구력도 생겼다. 뛰다 보니 오기도 난다. 느리지만 처음에 비하면 꽤 오래 달릴 수도 있다. 날씨가 흐리고 비가 와도 개의치 않는다. 기록이 좋든 컨디션이 나쁘든 상관도 없다. 물론 포기하고 싶은 유혹에도 늘 시달린다. 별문제가 없다면 나에게 마라톤 완주는 일상이다.

이제 마라톤은 내게 여러 가지를 할 수 있게 했다. 주변을 보게 하고, 또 느끼고 생각하도록. 나 자신뿐 아니라 별 대수롭지 않게 여기지 않던 것들을. 그런 것들을 보다 보면 나도 모르게 이런저런 잡스러운 생각을 한다. 이런 쓸데없는 생각(?)이 대지를 누비고 바람을 가르며 달려가는 나와 동행한다.

여름 날, 대지는 뜨겁고 쨍쨍 내리쬐는 햇볕, 이럴 때도 나는 뛴다. 그때 순간이나마 나를 살릴 듯한 나무 그늘 속에 잠시 평온을 찾는다. '무슨 냄새지?' 하는 꽃과 풀들이 가득한 산과 들, 물비린내가 풍기는 강가를 뛰기도 하였다. 잡다한 생각들은 꼬리에 꼬리를 물고, 이런 쓸데없는 생각이 대지를 누비고 바람을 가르며 달려가는 나와 동행한다. 골인 지점이 가까울수록 멀어지는 거리의 아이러니, 그리고 나와 같이 이 주로를 달리는 런너들.

이러한 모든 것이 재미가 있다. 그래 주변을 둘러볼 여유도, 그래 뛸 자신도 생기고, 그런 모습에 스스로 뿌듯해지기도 한다.

마라톤을 하며 나는 느리게라도 달릴 수 있어서 좋다. 주변 구경도 하고 이런저런 생각도 하고 그렇게 내게 여유를 주고 싶다. 즐겁고 또 행복하게, 내 두발로 뛰어서 좀 더 멀리 더 오래 가보고 싶다.

이제 나는 여행을 가든, 출장을 가든, 멀리 가볼 생각에 욕심이 생긴다. 출장을 가 어느 낯선 곳을 가게 되면 이런 생각도 한다.

'이 정도 거리면 내가 달려서 얼마나 걸리겠다. 숨 두 번, 아니 세 번만 쉬면 되겠네.'

오늘도 한 잔

내 꿈은 '서브3'

이도윤

토요일 아침 수영 회원 중, 몇 분의 형님들로 시작한 달리기가 이제 내 인생에서 빛과도 같은 존재가 될 줄은 몰랐다. 나는 수영대회는 나가보았으나 다른 대회를 나가본 적은 없었다. 그러다 우연히 수영 동호회 형님들의 말에 이끌려 자전거를 구매하고 철인 3종배 한강 아쿠아슬론 대회(수영 750에 달리기 5km)에 처음으로 출전하였다.

대회 날 수영슈트도 벗고 수영을 해야 할 정도로 날씨가 너무 더웠다. 그날 나는 무언가에 이끌렸는지 모르겠다. 수영 후 달릴 때 가슴이 터져 나올 것만 같은 느낌과 '내 다리가 이렇게 달리면 괜찮을까?' 하는 생각도 잠시, 마치 내가 나비가 된 것처럼 느껴졌다. 경기가 끝나고 대회성적을 보니 40대 남자 중 7등을 하였는데 이것이 잘한 것인지도 몰랐다. 대회가 끝나고 집에서 누워 있는데도 흥분된 내 모습은 좀처럼 진정이 되지 않았고 밤에도 계속 생각이 났다. '아~ 좀만 더 뛸걸!'

그 후에 나는 국제마라톤대회에 10km 출전을 하여 43분의 기록을 하였고 '어떻게 하면 더 빠르게 달릴 수 있을까' 하는 생각에 주변사람들의 조언과 인터넷을 찾아보기 시작했다. 그렇게 시작한 나만의 달리기 연습은 인천대공원 한 바퀴 뛰는 것으로 시작하

2019 공주백제마라톤대회에서

여 맨발로 대공원 한 바퀴를 뛰는 것이었다. 처음에는 발바닥이 아팠으나 몇 번 하고 나니 익숙해졌다. 그리고 우연히 들은 달리기 팔치기 주법을 통해 체력 안배가 되어 더 오래 뛸 수 있는 방법을 알게 되었다. 이렇게 주변사람들의 말을 듣고 연습하면서 겨울이 지나고 2019년 3월 1일 잠실 마라톤을 시작으로 3월 20일 서울동아마라톤으로 대회에 출전하였고 시간이 조금씩 단축되었다.

그렇게 대회를 나가면서 내가 지금 뛰는 것이 잘못되었다는 생각은 하지 않았다. 오늘보다는 내일 다시 뛰면 된다는 생각만 하였지 내가 뛰는 것이 어떤지를 생각해보지 않았다. 그러다 5월 3일 영주대회에 출전을 하였고, 그 대회에서 나는 많은 실망감과 내 인생에 터닝 포인트를 겪게 되었다. 바로 부천두발로 형님들을 만나게 된 것이다. 새벽시간 송내역에서 영주를 향하는 버스에 몸을 싣고 가던 중 내 옆에 조명열 형님께서 말을 걸어주셨다. "어떻게 혼자 뛰러 가시는 건가요?"라는 질문에 "예~"라고 대답했더니 대단하다고 칭찬을 해주셨다. 그러고는 김밥과 물을 건네주셨다. 조금 쑥스럽고 긴장이 돼서 그런지 얼른 김밥과 물을 챙기고는 조용히 대회장소로 향했다.

오전 8시 휴게소를 들리고 8시 반에 대회 장소인 영주체육관에 도착하였다. 옷을 갈아입고 바로 대회 출발 라인에 서서 대기하였다. 9시에 출발을 하였고, 3시간 30분 페이스메이커를 따라 갔다. 처음 페이스 좋았다. 4분 40초 페이스로 뛰고 있다고 페이스메이커분이 말을 해주었고 식수대에서 물을 마시는 등 여유가 있었다. 속으로 '어! 내가 330페이스메이커를 따라가네?'라는 생각에 330에 드는 거 아냐 하는 생각이 들게 되었다.

19km, 산언덕에서 처지기 시작하였다. 날씨는 덥고 다리는 풀리기 시작하였으며 점점 힘은 들고 완주만 하자는 생각이 들었다. 내 앞에 한분이 앰뷸런스를 부르시는 모습을 보니 점점 마음이 약해지기 시작하였다. 이러다 말로만 듣던 심장마비가 오는 것은 아닌지 약해지기 시작하였다. 그렇게 마지막 2km 남겨두고는 완전히 다리가 풀려서 걷기 시작하였다. 끝이 안 보이는 것만 같았다. 그렇게 완주를 하였고 완주 후 바로 쓰러져 다리에 경련이 일어나기 시작하였다. 그 고통은 지금 생각해도 내 다리가 아닌 것만 같았다. 119에 도움을 받아 진료를 받고 정신을 차린 후 나는 많은 후회를 하였다. '조금만 더 참고 뛸걸. 왜 그랬을까?' 한심해 보였고, 눈물이 날 것만 같았다.

버스에 올라탔을 때 나를 따뜻하게 맞이해주신 조명열 형님, "괜찮다"고 다독여 주시며 오늘은 날씨가 너무 더워 뛰기가 힘든 날이었다고 말씀해주시면서 "달리기를 혼자 하지 말고 같이 한번 해보는 것이 어떻겠냐?"고 말씀하셨다. 바로 답변하지 못하고 집에 와서 생각해보니 나 혼자만 달리는 것은 한계가 있다는 것이 느껴졌고 같이 뛰면서 실력을 올리는 것이 맞는 것 같다는 생각이 들어 두발로 동호회에 들어가게 되었다.

동호회에 들어와 같이 연습해보니 역시 잘 뛰는 분들이 많고 새로운 주법들을 보게 되었다. 빌드업, LSD, 인터벌 등 체계적으로 훈련받는다는 느낌이 들었다. 부천두발로에 들어와서 회원들 함께 첫 출전하게 된 한강새벽마라톤대회에서 10km, 하프, 풀 중에 나와 회장님은 풀코스에서 참가하여 달리기를 하였다. 혼자 달리다가 누군가 같이 뛴다고 하니 한결 마음이 편안해졌고 회장님께서 여러 말씀을 해주셨다. 각 식수대 지점마다 어떻게 몸을 조절하고 먹는지까지도.

21km까지 같이 달리다 회장님께서는 앞에 페이스메이커를 한 번 따라 가보라고 조언하셔서 나는 바로 뒤에서 떨어지지 않으려고 바짝 붙어서 따라 갔다. 31km 지날 쯤이었다. 몸이 서서히 힘들어지고 지칠 때 이제 얼마 안 남았으니까 조금만 더 힘을 내라는 말이 내 귀에서 맴돌았다. 그래 조금만 더 뛰자 그렇게 뛰다 마지막 2km지점까지 뛰게 되었다. 그러나 예전처럼 다리가 풀리기 시작해 힘이 들었고 쉬고 싶다는 생각만 들었다. 그때 페이스메이

커 분들이 내 뒤에서 밀어주시며 조금만 더 힘을 내라고 하셨다. 그래 조금만 더 참고 이겨내자! 그렇게 골인지점에 들어와 시간을 보니 3시간 29분! 생각지도 못한 빠른 기록으로 들어왔다.

마라톤의 끝은 없다.

내 목표가 상향되었을 뿐이다.

내 꿈인 '서브3' 그날을 위해 나는 부천두발로 님들과 함께 오늘도 뛴다.

마라톤은 영원한 나의 애인

현순회

어느 날 아침, 동호회 식사자리에서 누군가가 했던 말처럼 '수기를 쓴다는 것은 실오라기 하나 걸치지 않은 온전한 나를 보여주는 기분'이라고 했던가. 그런 마음으로 이 글을 쓴다.

글 쓰는 재주도 없는 내가 마라톤 수기라고 하기에는 뒤죽박죽 두서없이 너무도 촌스런 이 글을 쓰면서 뒤돌아보니 주제도 모르고 이리저리 달렸던 지난날의 드라마틱한 시간들이 파노라마처럼 지나간다. 그러고 보니 내 주제도 모르고 천하를 걱정했었던 기분이다.

새벽을 좋아하는 나는 이른 새벽에 산책하는 걸 아주 좋아한다.

동트는 새벽을 해 저무는 저녁보다 더 좋아했던 나는 학창시절엔 어른보다 일찍 일어나 어슬렁거린다고 '애 늙은이'라는 별명을 얻기도 했다.

졸업 후 입사한 직장에서는 몇 년에 한 번씩 본부를 떠나 지방근무를 해야만 하는 규정이 있어서 나에게도 피할 수 없었고 그것이 운명을 만나게 하였다. 나는 직장이 너무 멀어 자주 집에 올라올 수 없었다. 결국 지방에서 지내는 동안 무료함을 달래기 위해 새벽에 일어나 관사 앞에 있는 학교 운동장을 뛰었다. 처음에는 건강관리나 하자는 심사로 하루 일과 중 제일 첫 번째 순번으로 정해놓고 매일 달렸다.

이렇게 운명처럼 나의 애인이 되어 버린 마라톤과 첫 만남이 시작되었다. 아침을 여는 내 지방근무가 한두 해 더 해갈수록 달리기가 시나브로 늘었다. 달리는 것이라면 시골 초등학교 운동장도 못 뛰던 나였다. 신나게 뛰고 출근하면 기분은 날아갈 듯이 좋았고 덩달아 지방 근무도 재미가 있었다.

그렇게 수개월이 지나가면서 시도 때도 없이 하늘 높은 줄 모르고 오르던 혈압이 차츰 정상으로 돌아왔다. 드럼통 같던 내 허리라인도 살아났다. 달리면서 바람결도 몸으로 느끼고 달리는 시간만큼은 그렇게 좋을 수 없었다. 황영조나 이봉주 선수들만 하는 줄 알았던 마라톤의 길은 의외로 편안하게 나와 나란히 하였다.

그렇게 일 년을 일주일처럼 보내고 집 가까이 발령받아 오면서 혼자서 뛰기보다는 동호회 가입하여 뛰는 것이 운동도 체계적으로 할 수 있을 것 같아 동호회를 찾았다.

내가 가입한 동호회는 남자회원들이 많았으며 여자는 몇 명 되지도 않았고 그 중에 나는 키도 제일 작고 왜소했다. 아마도 회원들이 눈에는 볼품없는 나를 보면서 모든 것이 어설프게 보였을 것이다.

동호회 훈련은 일주일에 두 번 수요일 저녁과 일요일 새벽, 그리고 맑은 날에 벼락 치듯 하는 번개훈련도 있었다. 이 모든 게 내가 감당하기 힘들 정도로 강도가 높았다. 뛰기 좋다는 곳으로 원정도 다녔다. 남산을 뛰고 양재천을 뛰고 일산호수공원과 시화 방조제까지 찾았다. 한여름 뙤약볕에 뛰면서도 너무 즐거워 매일 그 시간을 기다렸었다.

신나게 뛰었다. 그리고 많이 뛰었다. 빨간 모자를 쓴 해병대 조교가 된 상상을 하면서 뛰었고 내가 여자인지 남자인지 모를 정도로 뛰는 곳이면 어디든지 남자 회원들을 뱁새가 황새 따라다니듯이 잘도 따라다녔다.

여주, 강화, 인천, 해남, 고창, 춘천, 정선 등 동호회와 지방대회도 많이 다녔다. 마라톤 자원봉사 활동들도 재미가 쏠쏠하였다. 혼자서는 힘든 마라톤을 마라톤 동호회와 운동을 하니 10km부터 풀코스까지 뛸 수 있었고 덤으로 얻은 자원봉사도 재미나게 할 수 있는 힘을 주었다.

동아마라톤과 중앙마라톤을 서울 한복판에서 열린다. 이때가 아니면 '이 장안 거리를 어떻게 달릴 수 있을까' 하는 생각이 들었다. 서울의 도심을 달릴 때는 빙판 위에서 스케이트 타는 기분이었다. 도로에서 마라톤을 응원하시는 분들은 수많은 남자들 속에서 그야말로 '가뭄에 콩나듯' 뛰고 있는 나를 발견하고는 환호성을 외쳐주었다.

시골 작은 학교 운동장에서 시작된 나의 마라톤 역사는 어느덧 이십오육 년이라는 경력이 쌓였다. 지금은 여성 달림이들도 많고 또 마라톤이 대중화되면서 많은 동호회들이 생겨났지만 내가 마라톤을 접했을 때만하여도 상황은 전연 달랐다. 대회에 나가서는 주로에서 구경하는 많은 사람들의 응원 소리가 큰 힘이다. 그럴 때면 우쭐한 마음으로 더 힘차게 도로를 달렸다.

마라톤이 지역사회에 생활체육으로 자리매김할 때 쯤, 그러니까 몇 년 전 쯤 나에게 허리통증이 찾아왔다. 하지만 마라톤은 애인처럼 내 곁을 떠나지 않았다. 뒤로도 통증을 견디며 동호회원들과 달리다보니 결국에는 허리 척추 몇 개를 고정해야만 하는 큰 수술을 받고야 말았다.

허리 통증과 수술은 마라톤과 서서히 이별을 고하게 만들었다. 한 달에 잘 나가면 두어 번 동호회원들이 보고 싶으면 운동을 마치고 아침밥 같이 먹는 것이 좋아 몇 번 뛴 것이 고작이었다. 그렇게 마라톤은 나와 멀어졌고 또 몇 년이 흐르더니 내 나이도 이제 50대 중반을 넘어섰다.

그러던 며칠 전, 문득 포기했던 마라톤의 꽃 풀코스를 더 늦기 전에 다시 한 번 뛰고 싶은 생각이 들었다. 우리 동호회 멋진 훈련 대장님께서 "누님 할 수 있을 거예요."라는 한 마디가 내 마라톤에 대한 열정을 다시 살려냈다. 앞뒤 생각하지 않고 6월 2일 '새벽 강변 마라톤'에 과감히 신청하였다.

돌이켜 보면 여러 동호회를 거치면서 수많은 하프와 풀코스를 뛰어본 경험도 많지만 이번 새벽 하프마라톤을 뛸 것을 생각하니 가슴이 콩닥콩닥 설렌다. 마치 허허벌판에 우뚝 서 있던 허수아비가 바람을 맞아 흔들리듯이 지금 내 마음이 그렇다.

어느 인문학 강의에서 들었던 말이 생각난다.

"껍데기에서 벗어나 그 안을 들여다보면 세상에서 가장 중요한 것들이 보인다."

남보다 더 빨리 뛰어보려고 짧은 다리로 가슴을 옥죄는 거친 숨을 토했다. 능력도 안 되면서 아집을 내세웠다. 그러나 시간이 흐르며 마라톤은 이러한 내 쇠 힘줄만큼이나 질긴 고집스런 성격을 부드럽게 만들어 주었다. 사람이 사는 세상은 아무리 좋아도 아무리 싫어도 바람이 지나 갈 수 있는 만큼의 공간의 여유와 배려가 있어야 한다는 것을 알게 해주었다.

2019년 새벽마라톤

새벽마라톤은 42.195km의 풀코스는 아니지만 지금 난 걱정스런 마음으로 첫사랑을 만나러 갈 때의 설레는 마음으로 새벽에 만날 님을 기다리고 있다. 하지만 이번 '새벽 마라톤'은 무리하지 말고 즐겁게 달릴 것이다. 지금까지 외도하지 않고 오로지 마라톤 하나에 절개를 지킨 것처럼 이번에도 하루 중 가장 좋아하는 새벽 시간에 뛰는 21.0975km의 새벽 마라톤은 내가 다시 풀코스 도전의 마중물이 될 것이라 굳게 믿어본다.

다가올 유월에 있을 '새벽 강변 마라톤'을 용감하게 기다린다.

2019. 05. 30

내 목표는 '2시간 49분 00초'

소천민

2016년 8월 어느 날, 직장 선배님의 마라톤대회 출전을 권유로 9월 30일 '구로 g밸리 단축마라톤 대회'에 출전하게 되었다. 짧다고 생각한 5km 대회였지만 생각보다 너무 힘들었고 나의 체력에 실망을 하게 된 대회였다.

그 후 지속적으로 동네공원에서 달리기 연습을 했다. 하지만 혼자 뛰다보니 뛰는 게 힘들게 느껴졌고 장거리 연습도 되지 않았다. 인터넷으로 마라톤에 대한 정보를 검색하여 인천남구마라톤 동호회에 가입했다. 인천남구마라톤 동호회는 회원은 많았으나 매주 훈련에 참가하는 회원은 3명뿐이었다. 그래도 같이 뛸 수 있다는 자체가 좋았다.

2016년 11월 고창 고인돌 마라톤 대회에 하프 종목에 참가했다. 결과는 '2시간 3분 43초' 그 대회는 눈물만 흘렸던 대회로 기억한다.

그렇게 시간이 흘러 부천두발로에 가입을 하고 2017년 3월에 첫 메이저 대회인 동아마라톤에 직장동료들과 4인 릴레이 경기에 참가했다. 그 당시에 나는 즐겁게 달리기를 했던 것 같다.

동아마라톤이 끝난 후, 평일에 1시간 이상을 연습했다. 하루도 빠짐없이 새벽 5시 30분에 인터벌 연습, 장거리 연습, 단거리 연습을 또 하고 또 했던 것으로 기억한다. 그렇게 훈련하여 동호회 첫 대회인 4월 한강벚꽃마라톤 대회 하프종목에 참가했고 죽을힘을 다해 뛴 결과 1시간 28분이라는 기록으로 종합 5위를 했다. 5개월 연습 끝에 30분 이상 단축이라는 성과에 만족하였고 이때 목표가 생겼다. 그 목표는 5km 19분 이내, 10km 38분 이내, 하프 1시간 26분 이내였다. 그렇게 나는 목표를 향해서 열심히 연습하고 선배님들 몰래 대회 참가도 많이 했었다.

2017년 그해 9월에 목표였던 각 종목에서 기록을 달성했다. 기록을 달성하고 나니 또 다른 목표가 생겼다. 그 목표는 바로 나에게 너무 큰 Sub-3였다. 9월 중순부터 장거리연습에 전념했다. 아침저녁으로 뛴 거리는 하루 25km~30km 정도였고 나는 기록달성의 초점을 중앙마라톤으로 잡았다.

9월엔 357km를, 10월엔 402km를 달렸다. 정말 열심히 했던 기억이 지금도 새록새록하다. 10월에 있었던 송도마라톤에서 3시간 29분의 기록을 보고 'Sub-3는 포기를 해야 하나?'라는 마음이 들기도 했으나 그동안 연습했던 내 다리가 너무 불쌍하다고 생각했다. 몸무게 72kg. '1년 동안 15kg을 감량까지 했는데'라는 생각으로 중앙마라톤대회에 풀코스를, 춘천마라톤에 10km를 신청했다.

나는 춘천마라톤 10km에서 '37분'이라는 내 최고기록을 세웠다. 그리고 일주일 후 중앙마라톤에 참가하기 위해 아내와 아이들과 함께 아침 6시에 잠실종합운동장으로 출발했다. 나는 오른팔에는 만 원짜리 시계를 차고 볼펜으로 5km마다 페이스 시간을 적어 놓았다. 그렇게 '하프까지 1시간 30분 이내에만 들어가자'라는 생각으로 혼자 아무 생각 없이 뛰었다.

하프지점을 통과한 시간은 1시간 27분, 이상할 정도로 몸 상태는 좋았고 숨도 차지 않았다. 이후부터 3시간 페이스메이커를 따라 뛰었다. 10명 정도 무리가 형성이 되었다. 나는 25km 지점까지 내가 가지고 있었던 파워젤 2개를 다 섭취한 터라 섭취할 수 있는 것은 각 5km 지점마다 있는 물과 바나나뿐이었다. 하지만 같이 뛰던 분들께서 절대 포기하지 말고 함께 뛰자고 하시며 소속된 동호회분들이 길거리에서 나눠주는 파워젤이며 포도당과 커피가루를 나에게 주었다.

39km를 지날 무렵 주로에는 응원 나온 사람들이 많았다. 시계를 보니 2시간 47분이 지나고 있었다. 그 순간 '나는 오늘 Sub-3다'라는 생각이 들었다. 그러나 운동장을 진입하기 직전 펜스 주로에서 다리에 쥐가 났고 내 시계는 2시간 56분을 지나고 있었다. 주위 사람들이 나에게 계속 외치는 말이 들렸다. "참고 뛰세요. 서브3입니다. 어떻게 해 어떻게 해 아깝다." 그 소리를 듣고 1분 정도 스트레칭을 한 후 천천히 다시 뛰기 시작해 이를 악물고 운동장에 진입했다. 내 시계는 정확히 '2시간 57분 39초'에서 멈췄다.

도착 후 계속 눈물이 났다. 나는 그날 약 15분간 눈물을 흘렸던 것으로 기억한다. 정신을 가다듬고 차가 있는 곳으로 이동하니 대회 공식기록이 휴대폰으로 왔다. 숨을 가다듬고 확인하는 순간 '아! 해냈구나'라는 생각에 이번에는 크게 웃었다. 기록은 '2시간 59분 10초'였다. 나는 너무 기쁜 마음에 곧장 동호회 단톡방에 내 기록을 올렸다. 모두 나의 Sub-3 달성에 축하를 해줬다. 나의 생애 첫 Sub-3를 달성했던 그날을, 나는 살면서 잊을 수 없을 것이다.

마라톤은 타고나는 것이 아니라, 노력과 정신력으로 결과를 나타내는 운동인 것 같다. 이제 내 목표는 '2시간 49분 00초'이다. '할 수 있을까?'라는 생각은 안 한다. '무조건 할 수 있다'라는 생각

만 한다. 그 날이 언제가 될지 모르겠지만 나는 그날을 위해 오늘
도 달린다.

2019년 늦더위 속 송도 풀코스 역주

내 친구와 함께 달리는 맨발의 청춘

김정호

SINCE 2003

내 마라톤을 뒤돌아보면 나와 같이한 인생의 친구이다. 힘들고 포기하고 싶을 때 자신과 타협하지 않는 마라톤이라는 친구에게 고맙다는 생각이 든다. 그 친구는 내가 포기하지 않고 끝까지 한다는 걸 알고 있기에 변함없이 내 곁을 지켜준다.

그 친구인 마라톤 모임인 부천두발로는 내가 살아온 울타리 안에서 밖을 내다 볼 수 있는 계기가 되었다. 지금의 부천두발로는 2003년 헬스클럽에서 운동하다 헬스인들이 만든 '중동마라톤'에서 출발하여, '부천두발로마라톤' 클럽으로 이름을 바꾸며 이어져 왔다. 벌써 강산이 두 번 바뀌는 시간이 다가온다. 사십대 초반에 시작했던 운동이 저물어 가는 황혼의 뒤안길로 접어들었다.

첫 대회는 한강 MBC하프마라톤이었다. 기록은 2시간, 멋모르고 시작한 첫 하프대회인 MBC한강하프마라톤은 내가 지금까지 운동할 줄 생각도 못한 첫 대회였으나 이제는 기억조차 없다. 내 닉네임은 자칭 '맨발에 청춘'이다. 가진 것도 할 줄 아는 것도 없던 나, 뒤돌아보면 인생 그자체가 맨발인 듯싶다. 젊음에서 황혼까지, 젊음을 뒤에 두고 안타까워하는 내 모습 그게 인생인가 싶다. 주워 담을 수 없는 물처럼 흘러간 세월을 되짚어보니 마라톤이 내 인생에 전부인 듯했다. 내 한창 때, 하프 기본 기록은 1시간 40분이었는데 이젠 50분대를 달리고 있으니 세월 앞에 장사가 없다. 마음은 여전이 40분대인데 말이다.

내 마라톤사를 생각하며 인천송도대회를 고백한다. 배번 없이 뛰었던 깍두기대회였다. 마라톤을 시작한 뒤, 처음으로 포기한 35km 지점의 구간. 배번 없이 깍두기로 뛴 대회이긴 하지만 양손에 신발을 들고 샛길로 걸어야 했던 힘들고 창피했던 순간이다. 바닥난 체력이 우습고 남들이 볼까 가슴 졸이던 그때가 가장 기억에 남는다. 그 잘 달리는 황 회장님도 내 뒤에서 걷다시피 4시간 40분 정도로 뛸 정도로 날씨가 최악이었다. 그러나 그것은 마라톤을 하는 이들에게는 핑계일 뿐이라는 것을 잘 안다. 난 걷지도 못할 정도로 체력이 고갈 상태였다. 그만큼 연습을 안 했다는 뜻이다. 난 결과적으로는 풀코스를 완주했지만 완주를 못한 것이다. 배번과 깍두기 차이가 정신력을 가름했던 것 같다.

이제 내 친구 마라톤과 기록을 기억해 본다. 풀코스마라톤은 누구나 뛸 수 있지만 결코 아무나 할 수 없는 도전이다. '풀코스를 뛰지 않는 자 마라톤을 논하지 말라.' 풀코스는 인생 그 자체라고 말하고 싶다. 대회 메달 중 지금껏 받은 메달만 150여 개, 그 중에 42.195km는 24개. 참가비만 250만 원 정도이니 이 또한 훈장 아닌 훈장이다. 한창때 난 3시간 39분에서 3시간 45분으로 달렸다. 내 마라톤 비결을 이야기하라면 정신력이다. 마라톤은 42.195km이다. 결코 짧은 거리가 아니다. 나는 대회장에서 출발하면서 함께 뛸 주자를 그때그때 찾는다. 혼자 뛰지 않는다. 나와 비슷한 주자를 찾아 같이 뛰는 것이다. 강한 정신력으로.

2017년 동아마라톤대회 최고기록은 3시간 39분 42초로 잊혀지지 않는 대회다. 39km 지점에서 만난 지친 광배 씨가 시야에 보인다. 광배 씨는 우리 동회에서 뛰어난 마라토너다. 그를 따라 잡을 수 있는 절호의 기회, 앞서거니 뒤서거니 골인지점까지 같이 뛰던 그때, 생각해보니 그도 나에게 지고 싶지 않았을 거다. 잊을 수 없는 최고의 순간이었다. 그 덕분에 나도 최고기록을 달성했다. 동아마라톤은 뛸 때마다 몸은 만신창이가 되지만 잠실주경기장 입구에 들어서서 만나는 대형 현수막, "포기하지 않는 당신이 아름답다!" 난 이 문구를 매년 볼 때마다 도착점에 다 왔다는 안도와 완주한 자신이 대견스럽다. 안도와 만신창이가 된 몸을 이끌고 골인지점에서 서러움에 북받쳐 울곤 했다.

사십대 초반에 시작한 운동은 어느새 육십이 넘었다. 그동안 내 부천두발로에는 많은 친구와 후배가 들어오고 나갔다. 몇 해 전에는 다섯 명만 남았다. 그러던 동호회가 해가 바뀌며 한 명, 두 명 회원이 늘면서 이젠 이름도 기억 못할 정도로 인원이 많아졌다. 한때 조직의 존폐의 위기가 있었던 두발로인데 이제는 그냥

동아마라톤대회 풀코스 완주 후

모두에게 고맙고 흐뭇하다.

지금 내게 풀코스 마라톤은 무리한 운동이다. 위암 수술을 하였기 때문이다. 그럼에도 불구하고 나는 부천두발로 동호회원들이 기다리는 인천대공원으로 간다. 그리고 달릴 것이다. 그곳에 가면 마라톤으로 인연이 되어 나와 20년 우정을 이어가고 있는 영원한 친구 현덕 씨, 순희 씨, 동호회원들이 기다리고 있다.

부천두발로 화이팅!!

달리기를 사랑하는 사람, 난 남경민!

남경민

1. 달리기와의 만남

16살, 그러니까 중학교 3학년 때였다. 무더운 여름 내리쬐는 햇빛과 함께 체력검정이 시작되었다. 한 바퀴에 400m 정도 될 것 같은 학교 운동장을 무려 8바퀴나 돌아야 한다니, 그때 나는 아마 달리기 전부터 겁을 먹고 있었던 것 같다. 먹는 것을 좋아하는 통통한 내가 3km 가량을 뛰어본 적이 있던가? 구령대에선 여학생들이 지켜보고 있었고, 20명 정도 되는 남학생들의 자존심 대결이 시작되었다. 뒤를 돌아볼 겨를 없이 온 힘을 다해 무작정 달렸다. 숨은 헐떡헐떡, 온몸은 땀으로 젖어가고 한 바퀴, 한 바퀴가 어찌나 길게 느껴지던지 죽을 것만 같았다. 그렇지만 여학생들

113

이 지켜보고 있지 않은가!

　"운동 잘하는 남자는 멋있어"라는 고정관념을 가지고 있던 나는 여학생들에게 잘 보이고 싶었다. 그래서 최선을 다해 뛰었다. 나보다 앞선 친구를 따라잡진 못했으나 뒤에 있는 친구에게 따라잡히지 않았고 운동장 8바퀴를 나는 3등으로 완주했다. 3등이라는 등수에 들떴고 왠지 모를 자신감에 휩싸였다. 그렇게 달리기와의 만남이 시작되었다.

　그날 이후로 나는 달리기를 하기 시작했다. 우리 집 앞에는 크게 한 바퀴 돌면 1.6km 정도 되는 공원이 있었다. 매일 밤 10시 나는 공원으로 나섰다. 중앙공원이라 불리는 이곳은 봄, 여름, 가을밤 10시에도 사람이 많았다. 부끄러움이 있었던 탓인지 공원 화장실 옆 어두컴컴한 곳에서 혼자 스트레칭을 하고 공원의 제일 바깥쪽 트랙을 따라 뛰었다.

　거추장스러운 것을 좋아하지 않는 나는 항상 휴대폰이나 손목시계를 가지고 다니지 않았고 편한 반팔에 반바지 차림으로 달릴 뿐이었다. 뛰다가 힘들면 걸었고 가쁜 숨이 돌아오면 다시 뛰기를 반복했다. 나처럼 홀로 달리는 사람들이 꽤 있었다. 혼자 묵묵히 달렸지만 그냥 즐거울 뿐 외롭지 않았다. 시원한 밤공기와 함께 달리고 땀을 흘린 뒤 샤워를 하면 그렇게 기분이 좋을 수가 없었다. 이렇게 좋은 걸 그때라도 알게 돼서 다행이었다.

생각해보니 나는 늘 뛰었던 것 같다. 학교를 갈 때도, 친구들과 술래잡기, 무궁화 꽃이 피었습니다, 얼음땡, 숨바꼭질을 하며 놀 때도 모두 나는 달렸다.

열여섯의 나는 깨달았다. '달리기는 참 좋은 것이구나!' 남경민은 그렇게 달리기에 매료되었다.

2. 달리며 만나게 되는 것들

고등학생이 되어서 야간자율학습을 하게 되었다. 1~2학년들은 밤 9시에, 3학년들은 밤 10시까지 학교에 남아 공부를 했고 나는 야간자율학습이 끝나면 곧바로 집에가 운동복으로 갈아입은 뒤 공원으로 향했다. 아프거나 특별한 일이 있지 않는 이상 거의 매일 뛰었고 3km에 허덕이던 나는 어느새 공원을 4바퀴 더 나아가 6바퀴까지 쉬지 않고 뛸 수 있게 되었다.

'같은 공간을 매일, 계속 뛰면 지루하지 않냐?'고 나에게 묻는다면 절대 지루하지 않다고 확고하게 얘기할 수 있다. 그렇게 말할 수 있는 이유는 달리며 만나게 되는 친구들 때문이다. 내가 제일 좋아하는 친구는 '달님'이다. 달리며 하늘을 쳐다 볼 때면 달은 매일 다른 모습으로 시간에 따라 여러 방향에서 나를 지켜보고 있다. 내가 '달이 어디 있을까?' 생각하며 쳐다보면 달도 내가 잘 뛰고 있나 지켜보고 있겠지 싶었다. 이 녀석을 보고 있으면 왠지 모르게 마음이 포근해진다. 그래서 나는 아직까지도 달을 보며 뛰는 것을 제일 좋아한다.

달 주위의 별인지 인공위성인지 모를 반짝이는 녀석들도 내가 뛸 때 함께하고 주인과 함께 산책하는 강아지도, 나뭇잎도, 새들도, 자동차도, 돌도, 모든 자연과 생물, 비생물이 나와 함께한다. 뛰다보면 보이지 않던 것들이 보이고, 늘 마주하던 것도 아름답게 보인다. 달릴 때면 신비함과 설렘에 가득 찬 나를 만날 수 있다.

3. 내 마음을 다듬는 시간

매일 즐겁고 행복할 순 없지 않은가. 나는 기쁘거나 슬프거나 행복하거나 괴로울 때 즐거울 때 지칠 때 달리곤 한다. 어른이 된 나는 술을 기쁠 때 먹으면 기쁨이 배가 되고 슬플 때 먹으면 슬픔이 배가 된다는 것을 알게 되었다. 하지만 달리기는 술과 달리 내 감정과 관계없이 늘 나를 웃음 짓게 만든다. 무언가를 곰곰이 생각하며 달리다가도, 멍하니 달리다가도 어느새 내 표정은 밝아져 있다. 힘든 일이 있다면 잊게 되고 기분을 좋게 만든다.

달리는 혼자만의 시간은 힘든 것을 이겨내고 기쁨은 더 승화시키는 '내 마음을 다듬는 시간' 이 되었다. 나는 달리며 변화했다. 가끔씩 길거리에 쓰레기를 던지던 내가, 달리던 곳에 쓰레기가 버려져 있으면 줍게 되었고, 나를 중심적으로 생각하고 행동했던 것들이 다른 사람을 이해하고 배려할 수 있게 되었다. 자신감이 부족했던 내가 무엇이든 할 수 있겠다는 생각이 들었고 내 마음이 긍정의 에너지로 채워졌다.

4. 마라톤의 시작

달리기에 자신감이 붙었다. 지구력의 한계를 시험하는 경기인 마라톤에 도전해보고 싶어졌다. 공원 6바퀴를 매일 뛰다시피 한 나는 10km 마라톤에 도전하기로 했다. 마라톤 대회는 주로 5km, 10km, Half, 풀코스(42.195km)로 나뉘는데 10km는 듣기만 해도 우스웠다. (마라톤이란 용어는 Half부터 쓴다.) 첫 대회는 부천복사 골마라톤대회. 나는 아직도 그날을 잊지 못한다.

대회 참가 증정품으로 받은 태극기 마크가 달려 있는 옷을 입은 나는 국가대표가 된 듯이 자신감과 패기로 가득 차 시작부터 빠르게 치고 달리기 시작했다. 오버페이스란 단어를 들어보지도 알지도 못한 나는 얼마 못가 점점 느려지며 한 사람, 두 사람 수많은 사람들에게 계속 추월당했다. 그렇지만 느리게 달릴지언정 멈추지 않았다. 별거 아닐 거라 생각했던 10km가 왜 이리 길게 느껴지고 몸은 어찌나 무겁던지, 달리는 도중 포기하고 싶은 생각이 수십 번 들었다. 7km 정도 뛰었을까. 너무 힘들어 눈물을 글썽였다. 그때 나에게 한 아저씨가 다가왔다. 그분은 나의 손에 뜯지 않은 초코파이를 쥐어주며 "힘내세요." 한마디 건넨 뒤 나를 앞질러갔다. 초코파이를 꽉 움켜쥐었고 온몸에 힘이 생기기 시작했다. 이를 악물었다.

속도가 점점 빨라졌으나 숨이 차지 않았고 나는 미소를 지으며 달렸다. 그렇게 나는 10km를 완주했고 '러너스하이'를 경험했다. 러너스하이는 달리기에 몸을 맡길 때 찾아오는 매혹의 순간이다. (지금의 나는 러너스하이가 있기에 42.195km도 그 이상도 뛸 수 있다 생각한다.) 완주한 나는 너무나도 기쁜 나머지 울음을 터트렸다. 어찌 보면 경쟁자인 나에게 따뜻한 마음을 베푼 이름 모를 아저씨가 참으로 감사했다. 세상에는 아직 정(情)이 살아있구나 생각했다. 나는 그 뒤로 대회 때마다 뛰면서 힘들어 보이는 사람을 만나면 "힘내세요!"라는 말을 한다. 이렇게 말하고 나면 덩달아 내 기분도 좋아져 더 잘 달릴 수 있게 되는 것 같다.

5. 달릴 때 생각하는 것들

나는 달릴 때 제일 먼저 사랑하는 사람을 떠올린다. 사랑하는 사람이라 하면 부모님, 배우자, 친구들을 떠올리는 경우도 있지만 나는 내 곁에 있어 주는 나와 함께하는 애인을 떠올린다. 달리기 시작 전에 또는 달리다 조금 힘들다 싶을 때 사랑하는 사람을 떠올리면 없던 힘도 샘솟는다. 그 사람의 이름을 외치며 뛰기도 한다. 또 달릴 수 있는 튼튼한 두 다리가 있음에 감사하며 달린다. 두 다리가 있었기 때문에 달릴 수 있었고 행복함을 느끼고 살아 숨 쉴 수 있음에 감사함을 알게 되었다.

뛰고 나면 배가 고플 텐데 무엇을 먹으면 좋을까 고민도 한다. 열심히 뛰었으니 또 열심히 먹어줘야지! 특히 좋아하는 건 콩나물국밥과 어죽이다. 두발로에 들어와 어죽을 처음 먹어보았는데 얼큰한 게 내 입맛에 딱 맞았다. 매주 일요일 인천대공원에서의 정기 훈련이 끝나고 먹는 어죽과 막걸리 한잔은 환상의 맛, 훈련의 고단함을 잊게 만든다.

또 '나의 한계는 어디까지일까?'도 생각한다. 10km도 어렵게 여기던 내가 어느새 하프를 뛰고 있었고 풀코스까지 도전했다. 연습과 도전은 나를 점점 성장시킨다. 아무리 힘든 시련이 내게 찾아와도 이겨낼 수 있는 강한 의지가 생겼다. 한계는 내가 만든 장애물일 뿐 넘어서면 된다. 노력하면 무엇이든 해낼 수 있다.

나에게 자신감을 일깨워준 마라톤은 참 고마운 친구이다. 그래서 나는 새로운 환경에서 다양한 마라톤을 뛰어보고 싶다. 바다가 보이는 곳을 따라, 시골길을 따라, 국도를 따라, 전국을 여행하며 뛰고 더 나아가 해외 마라톤 대회도 나가고 싶다. 나는 내가 뛰고 싶은 코스를 뛸 것이며 언젠간 해외마라톤에도 나갈 것이다.

6. 남경민, 풀코스를 완주하다

나의 첫 풀코스는 2018년 가을의 전설로 불리는 춘천 마라톤 대회였다. 그 대회에 참가했던 분이라면 알고 있겠지만 그날은 비가 엄청 내렸고 출발 전부터 사람들은 온몸이 비에 젖어 부들부들 떨고 있었다. 대부분의 사람들이 우비를 입고 뛰었는데 거세게 쏟아지는 비에 우비는 큰 도움이 되지 못했다. 동호회 사람들과 뿔뿔이 흩어져 혼자 달리게 되었다. 홀딱 젖은 생쥐가 되어 춥고 몸의 감각은 사라지고 있었다. 야속한 날씨를 탓하며 완주만 하자 생각으로 출발했다. 이렇게 참가자가 많은 대회는 처음이다. 풀코스 선수만 2만 명이기 때문에 모두가 동시에 출발할 수 없었다. A, B, C~H 순으로 출발했고 나는 H인 맨 마지막에서 출발했다.

빨리 뛰지 않았고 빨리 뛸 수도 없었다. 아마도 5분 30초~6분 페이스 정도였을 것이다. 우비는 거추장스러워 내던져 버린 지 오래, 비를 맞아 몸이 마비가 되는 것 같았지만 주저 않고 수많은 인파속을 헤쳐 나갔다. '지금 여기서 달리고 있는 모든 이가 나와 같은 마음이리라. 과연 내가 완주할 수 있을까?' 걱정도 들었지만 나는 러너다. 달릴 때 최고로 즐거운 러너.

No Problem! 완주쯤이야 결코 문제없다. 그렇게 열심히 뛰고 있는 도중 긴 터널을 입성할 때였다. 엄청난 함성소리가 들리더니 소리는 귀를 타고 가슴으로 전해졌다. 터널 안의 사람들 모두가

"와아아!!!!!" 소리를 지르며 터널을 통과하고 있었다. 나 또한 "와아아아아!" 소리를 질렀고 여러 사람의 목소리가 섞인 이 울림은 달리미들에게 "끝까지 포기하지 마!"라는 메시지를 전하는 것 같았다. 완주하기도 전에 이렇게 가슴 벅찬 순간을 경험할 수 있다니 참으로 놀랍지 않은가. 완주의 기쁨은 얼마나 더 크다는 말인가. 아마 경험하지 못하면 헤아릴 수 없을 것이다. 경험한 자만이 그 짜릿함을 느낄 수 있다. 달리는 중 나를 추월하는 두 명의 아저씨를 만났다. 서로의 페이스메이커가 되어 주는 그분들을 묵묵히 따라갔다. 그러다 문득 궁금해져서 나란히 달리고 있는 아저씨들게 말을 건넸다. "원하시는 기록이 어떻게 되세요? 지금처럼 달리면 완주했을 때 시간이 얼마나 나올까요?"

한 분은 3시간 10분, 다른 한 분은 3시간 30분이 목표라고 말씀하셨다. 3시간 30분도 3시간 10분도 대단한 기록이라는 것을 알기에 욕심이 생긴 나는 그분들을 따라가야겠다고 결심했다. "같이 뛰어도 될까요?"라는 질문에 그분들은 흔쾌히 좋다고 하셨다. 우리 셋은 앞 사람들을 추월하며 거침없이 달렸다. 누군가가 옆에서 함께한다는 것은 아주 큰 행복이다. 20km가 지날 무렵 선수들을 응원하는 수백 명의 사람들이 보였다.

그 응원에 힘입은 나는 입가에 싱그러운 미소를 머금고 있었다. 비도 점점 그쳐갔고 마비되었던 몸도 점차 회복되었다. 30km 구간을 2시간 10분쯤에 달렸을 때이다. 남은 12.195km를 50분 안에 달린다면 Sub-3를 할 수 있다. 마라톤을 하는 사람이라면 한번쯤 꿈을 꾸는 Sub-3. Sub-3는 42.195km를 3시간 안에 완주하는 것을 말한다. 나는 내가 할 수 있다고 믿었다. 나를 믿고 나아갔다. 아저씨 두 분 중 한 분이 보이지 않았고 남은 한 분도 점점 뒤처지기 시작했다. 이젠 내가 그분의 페이스메이커가 되어 드려야겠다고 생각했고 속도를 내어 앞으로 치고 나갔다. 38km 무렵 고통이 찾아왔지만 나는 절대 포기할 수 없었다. 다리의 힘은 풀리고 팔을 위아래로 흔드는 것도 이젠 무겁게만 느껴졌다. '조금만 더 빨리 뛰어야 해' 42km 지점 여기서 더 뛰면 다리에 쥐가 올라올 것 같았다. 속도를 낼 수 없었다.

이미 3시간이 넘어버렸고 이제 내 목표는 완주다. 남은 힘을 쥐어 짜냈다. '아 저기가 골인지점이구나. 나 진짜 해냈구나 경민아 네가 해냈어.' 나는 그렇게 골인지점을 들어왔다. 눈가에 눈물이 글썽였다. 그러다 눈물이 한 방울 두 방울 쏟아졌다. 처음 10km를 완주할 때도 나는 울었고, 풀코스를 완주하고도 울었다. 감격이 그지없고 그저 내가 대견하다. 완주하고 바닥에 털썩 주저앉았다. 꽉 조인 신발 끈을 풀 힘이 없었다. 신발 끈을 풀지 못해 허우적대는 나를 보고 또 한 아저씨가 다가와 신발 끈을 풀어주셨다. 또 한 번의 감동, 살아간다는 것은 그런 것이 아닐까? 사람이 사람에게 힘이 되어 주는, 마음을 건네는 것 말이다. 마라톤을 하면서 내 가슴은 한층 더 뜨거워졌다. 이렇게 나의 첫 풀코스는 악 조건 속에서도 '3시간 16분 00초'라는 자랑스러운 기록과, 함께한 아저 씨들과, 신발 끈을 풀어준 아저씨께 감사하며 끝이 났다. 난 꼭 언젠간 서브쓰리를 달성할 것이다.

7. 마라톤을 시작하려는 분들께

'마라톤을 시작해볼까? 말까?' 고민하고 있는 분들께 "망설이지 말고 지금 당장 도전해보세요."라 말씀 드리고 싶다. 부담을 가질 필요도 없고 1km를 뛰어도 2km를 뛰어도 좋다. 숨이 차고 힘들면 더 천천히 달리면 된다. 같이 뛸 사람이 있으면 좋고 없으면 그만 이다. 혼자 뛰는 재미도 나름 쏠쏠하기 때문이다. 또 마라톤에는 나이와 성별은 관계없다. 나는 2019년 올해 25살이지만 나보다 잘 뛰는 20대, 30대, 60대 여성, 남성분들이 수도 없이 많은 것을 안다. 그러니 '두렵다고 어렵다고 못한다'는 생각은 하지 말고 설 렘을 안고 달려보시길 바란다.

마라톤을 하다 보면 기록에 욕심이 생기기 마련이다. 내 몸이 이겨 낼 수 있는 한도에서 목표를 세우고 연습을 하여 원하는 기록에 도전하는 것도 필요하고 기록에 연연하지 않고 욕심을 내려놓는 것도 중요하다. 본인이 더 즐거운 쪽을 선택하면 된다.

연습 없이 성장은 없다. 마라톤은 정직한 스포츠로 연습하는 만큼 기록이 나온다. 꾸준한 연습을 통해 완주라는 가슴 벅찬 순간을 느꼈으면 좋겠다. 걸어도 마라톤이라는 것은 변함이 없다. 단지 남들보다 조금 느릴 뿐 목적지는 같으니까. 뛰다 힘들면 걷고 쉬었다 가도 좋다. 거창한 것이 필요 없다. 운동화만 있으면 모두가 시작할 수 있다. 마라톤을 시작하려는 분들께 주저하지 말고 달리고 난 뒤 웃고 있을 나 자신을 생각하며 한걸음 내딛어 보시라고 말하고 싶다. 달리기 전후 충분한 스트레칭을 통해 몸을 풀어주어 부상을 예방하는 것도 잊지 말아야 한다.

뛸 수 있는 두 다리가 있어 감사하고 함께 뛸 수 있어 더 감사합니다. 어제도, 그리고 오늘도…

하니 박미애

1. 내 삶의 터닝포인트

나는 결혼을 했고 두 아들의 엄마이며 회사를 다녔다. 우리 나이로 마흔두 살로 harassment 예방교육 강사로 활동하고 있는 워킹맘 여성이기도 하다. 과거 하루 벌어 하루 살기도 바빴던 날들, 무엇을 위해 살아야 하는지의 고민은 사치였을지 모를 삶의 무거움에 허덕일 시점에 우연히 서점에서 만난 책 한 권 김미경*의 『꿈이 있는 아내는 늙지 않는다』가 내 인생을 바꿔놓는 계기가

---

* 수많은 강사들의 롤모델이자 대한민국 최고의 명강사로 불리며 여성의 꿈과 성장을 북돋우는 국민 언니로 지금은 강연자로 기업인으로 활동하고 있다. 대표작으로는 『꿈이 있는 아내는 늙지 않는다』, 『언니의 독설』 등이 있다.

되었다.

엄마로서, 아내로서 그냥 그런 삶을 살던 나에게 온전한 내가 누구인지, 내면의 목소리에 귀를 기울이는 혁명적인 시간이었다.

'나에게 꿈은 있었는가! 지금 나는 어떤 꿈이 있는가!' '내가 하고 싶은 것은 무엇인가'.

그 책을 통해 비로소 난 나의 꿈, 나의 삶 전반에 대해 진지하게 고민하게 되었고 마음속에 담아두었던 '강사'라는 직업에 도전할 수 있었다.

멀쩡하게 다니던 직장을 그만두기까지는 나름의 용기가 필요하였으나 책을 통해 '할 수 있다'는 막연한 자신감을 가지고 회사의 문을 박차고 나온 게 10년 전 일이다.

10년 전에 다녔던 회사에서 처음으로 마라톤을 경험하게 되었다.

같은 부서 부장님께서 화마클(화성마라톤클럽)의 회원이었기에 직원들에게 마라톤을 같이 해 보자며 제안을 하셨고 거기에 프로모션까지 내걸었다.

≤팀원 중 1등, 상금 10만원≥

비단 상금이 탐이나 뛰었던 것은 아니었다. 승부욕이 강했던 나는 상금보다 팀원 중에서 꼭 1등을 하고 싶었던 마음이 컸다.

그렇게 나는 생에 첫 마라톤을 시작하게 되었고 1등을 하고 싶은 마음과 체중감량이라는 두 마리 토끼를 잡기 위해 매일 집앞 공원을 달리며 10km 마라톤을 준비하게 되었다.

그 당시 나는 출산 후 빠지지 않았던 살에 대한 스트레스를 받고 있었던 터라, 잘만 하면 다이어트도 되고, 거기에 상금까지 받을 수 있으며 새로운 인생을 출발할 수 있을 것이라는 기대감으로 무던히도 열심히 달렸던 것으로 기억한다. 그렇게 열심히 훈련을 한 덕분이었을까! 나는 회사 직원들과 함께한 첫 10km 마라톤 대회에서 팀원 중 당당히 1등을 하였고 상금도 받았다. 당연히 살도 내가 원하는 만큼 뺄 수 있었다.

많은 여성분들이 궁금할 듯하여 나의 마라톤을 통한 체중감량 결과를 밝힌다. 집앞 공원을 매일같이 1시간씩 달리니, 물론 식단 조절도 병행하였으며 그 결과 난 일주일 만에 5km를 감량했으며 결과적으로 마라톤을 통해 총 10km 체중감량에 성공하였다.

나의 인생에서 마라톤에 첫발을 내딛었던 그날, 현실에 안주하며 그냥 그런 삶을 살던 나는 '할 수 있다'는 막연한 자신감이 배가되는 짜릿한 경험을 하였다. '그래, 나는 할 수 있어! 나는 나의 꿈이 있어! 그 꿈을 향해 다시 달려가 보자!'

『꿈이 있는 아내는 늙지 않는다』의 본문 중 "사람은 누구나 한

번도 안 살아본 '오늘'을 수없이 살아온 것이 아니던가. 도전이란 어제와 조금 다른 일들에 나를 던져보는 것뿐이다. 막상 닥치고 보면 다 해낼 수 있다. 문제는 그런 기회를 스스로에게 주지 못하고 머뭇거리다 늙어간다는 것이다. 프로가 되는 첫 번째 방법! '무조건 하라. 그리고 훈련하라. 그럼 뭐든지 할 수 있다'."라는 글이 있다.

나의 우상이던 강사님의 말처럼 그렇게 난 무조건 달렸고, 훈련하였고, 그래서 완주할 수 있었다. 나는 마라톤에 집중하였고 최선을 다했다. 프로가 되는 첫 걸음, 그 첫걸음이 마라톤이었던 것이다.

2. 두발로 마라톤클럽을 만나다

회사에서 시작된 마라톤은 약 몇 년 간 계속되었다. 그 당시에는 하프코스에 대한 두려움이 있었고, 팀원들끼리 단합 차원으로 시작된 운동인지라 우리는 매번 10km 대회만을 가끔씩 참가했다. 기록도 매번 큰 차이 없었으며 마라톤을 끝내고 팀원들과 어울리는 재미를 보내던 중 회사 내부에 균열이 생기기 시작했고 고민 끝에 난 퇴사를 결정했다.

그렇게 함께하였던 회사 사람들과 작별을 하고 난 독립군이 되었다. 한참 뛰는 것에 맛을 들린 시기였던지라 헬스장에서 본격적으로 운동을 해보고 싶은 마음에 집 근처 헬스장을 찾았고 거기에서 큰 인연을 만났다.

인연은 우연치 않은 곳에서 찾아온다고 했던가! 헬스장 사무실에 들어선 순간 벽에 걸려 있는 헬스장 관장님*의 마라톤 사진이 내 시선을 빼앗았다. 헬스장 관장님(앞으로 나는 박 관장님이라 칭하겠다)과 두런두런 이야기를 나누며 마라톤을 한다는 공통점을 알고 우리는 서로 강한 끌림을 느꼈다. 고민 없이 그 자리에서 헬스장을 등록했으며 그렇게 나와 박 관장님과의 인연이 시작되었다.

박 관장님은 그 당시 두발로 마라톤클럽의 회원이었으며 나에게 동호회 가입을 적극 추천하였다. 당시만 해도 젊은 여성회원이 없었던 두발로는 나의 가입으로 하여금 활력을 찾았다. 서로 선의의 경쟁을 펼치기도 하며 일례로 박미애가 앞으로 뛰어나가는 모습을 보며 자극받아 본인도 더 열심히 뛰었다는 남자 선배님들도 몇 있었다.

젊은 회원을 오랜만에 맞이한 두발로 식구들에게 사랑받으며, 관심 받으며 즐겁게 달릴 수 있었다. 특히 두발로의 전 회장님이신 전창호 회장님**은 각별한 관심을 주셨다. 운동하는 방법과 더불어 늘 나에게 했던 말씀은 이러했다.

---

* 오래된 두발로 마라톤클럽의 회원 중의 한사람으로 헬스장 관장님으로 활동하셨으며 이름은 박정석, 그러나 지금은 타지로 이사를 한 까닭에 두발로와 함께 하지 않고 있다.
** 지금의 회장님 전에 계셨던 회장님으로 지금은 공식적인 활동은 하지 않으나 헬스장에서 열심히 운동을 하신다는 후문이다.

"건강하자고 시작한 운동, 무리해서 다치면 안 돼요. 우리는 건강하기 위해 뜁니다. 그러니 기록에 연연하지 마시고 건강하게 오래도록 뛰세요."

그 외 인생의 선배로서의 조언도 아끼지 않았는데 두발로 다른 회원들과 약 8시간에 걸친 산행을 같이하였던 기억도 소중한 기억으로 남아 있다.

지금 내게 두발로 회원 중 가장 기억에 남는 사람이 누구냐고 물으면 단연 박 관장님과 전 회장님을 꼽겠다. 나에게 남다른 애정으로 관심을 주신 두 분이 계셨기에 지금의 내가 두발로에 있게 된 것 아닌가! 기회가 되면 꼭 전하고 싶다. '이렇게도 좋은 두발로와 함께 할 수 있는 초석이 되어 주셔서 감사하노라'고.

두발로의 공식 훈련시간은 일요일 아침 6시 30분이다. 그럼에도 불구하고 매주 일요일 아침 박 관장님은 훈련시작 시간보다 일찍 훈련장소에 도착하자 하셨고 그렇게 나는 박 관장님을 따라 뛰고 또 뛰었다. 언덕에서 힘들어하는 나를 뒤에서 밀어주며, 같이 호흡하며, 같이 페이스를 맞추며 관장님은 내게 그렇게 선배로서의 참된 모습을 보여주셨다. 그 모습을 보며 나도 다짐해본다.

'세월이 지나 박 관장님 같은 선배의 위치가 되면 나도 저렇게 하리라.' 좋은 선배 아래에서 좋은 후배가 생기는 법. 지금의 좋은 선배님들 덕분에 좋은 후배님들이, 그 선후배가 한데 어우러져 좋은 두발로 식구들이 만들어진 것 같다. 그렇게 난 두발로의 식구들과 함께 달리는 인연을 맺은 지 어언 9년이 되었다.

3. 2012년 3월 18일, 생에 첫 풀코스를 완주하다

글을 쓰는 지금 내가 첫 풀코스를 완주하던 2012년 3월 18일의 기억이 생생하다. 그날의 기분과 감동을 두발로 카페에 기록으로 남겨놓은 덕에 다시 한 번 2012년 3월 18일의 나로 돌아갈 수 있었다. 아래의 글은 내가 2012년 3월 18일 생에 첫 풀코스를 완주한 후 두발로 카페에 소감으로 올려놓았던 글을 옮겨온 글이다(출처: http://cafe.daum.net/jungdongduballo).

나는 성격상 설렁설렁 하는 것보단 미리 준비하고, 연습을 통한 준비된 모습을 항상 추구해 온 사람이었다. 처음 두발로를 접하고, 풀코스를 도전해 보라는 말을 들을 때마다 아직 난 준비가 덜 되어 도전하기엔 이르다고 생각했다. 충분한 연습이 있었던 것도 아니었고, 그렇다고 타고난 체력이 있는 것도 아니었기에…. 그렇지만 3월 11일 대공원에서 하프 연습 길에 만난 이상배 선배님* 덕에 용기를 내었다. 아직은 무리라고 생각만 하였던 나에게 어찌

---

* 두발로의 초창기 회원으로 지금도 두발로에서 활동하고 계시며 아침훈련에 종종 참석하신다.

보면 갑자기 무턱대고 찾아온 풀코스 도전이었다.

대회 2일 전이다.

나는 '도전'이란 단어를 좋아하는 적극적인 성격이다. 전회장님으로부터 '편하게 쉬라'는 문자를 받았다. 이 문자가 그날 밤 나를 9시 30분에 잠자리에 들게 만들었다. 편안했다.

대회 1일 전이다.

잠이 오질 않았다.

'잘 할 수 있을까?' '잘 할 수 있을 거야'라고 스스로 다짐해 보지만 그래도 걱정이 많았다. 한편으론 초등학교 시절 소풍가기 전날 밤마냥 설레고 기대되는 건 어쩔 수 없었다. 내 생에 첫 풀코스마라톤을 기다리는 밤은 그렇게 가고 있었다.

드디어 대회일이다.

새벽 4시에 일어났다. 박 관장님이 조언해 주셨던 당일 날 먹거리며, 준비사항을 그대로 실행에 옮기며 두발로 식구들이 있는 곳으로 향했다. 송내역 앞에서 김학경 선배님*을 만났다. 걱정된

---

* 두발로 회원 중 가장 연세가 많으신 회원으로 호탕하게 웃으시는 모습이 인상적인 선배님이다.

다는 말에 "미애는 충분히 잘할 수 있다"는 말씀 한마디가 다시 한 번 자신감을 갖게 만들었다. 역사에서 반가운 두발로 식구들을 만났고, 얼굴을 보니 너무너무 설레고 기분이 up된 채 결전의 장소로 향했다.

전철을 타고 가는 내내, 김복동 선배님*과 김광배 선배님**의 조언이 줄줄줄 이어졌다. 머릿속에 계속 각인시킨다. '그래, 그래. 잘 새겨 듣자.'

그렇게 대회장에 도착하여 옷을 갈아입고 많은 러너들의 무리 속에서 혼자 덩그러니 서 있으니 별별 생각이 다 들었다.

'이 친구는 많이 어려보이는 데 어떻게 해서 이 자리에 오게 되었을까!!' 신발을 보니 새로 산 깨끗한 신발인데 왠지 처음 나온 듯 보였다.

'와!! 머리가 허끗허끗하신 게 족히 70은 되어 보이는데 이 연세에도 이렇게 달리시는구나!!' 정말 대단하다는 생각뿐이었다.

주위를 한 명 한 명 둘러보며 이들은 어떤 경위로 이 자리에 오게 되었을지 혼자 생각을 했다. 그렇게 멍~~하니 있다 드디어 출발!!!!

---

* 내가 처음 두발로에 왔을 때 가장 편하게 말을 해주셨던 당사자며 지금은 활동하지 않는다.
** 두발로의 레전드인 선배로서 지금도 훈련과 대회에 같이 참석하며 살아있는 노장의 모습을 아낌없이 보여주고 계신다.

평소 달리는 속도보다 느리게 뛰며 이어지는 행렬을 그냥 아무 생각 없이 따라갔다. 뛰다보니 10km 지점. '이 정도 속도야 뭐, 아주 가볍고 좋아.' 그렇게 또 뛰다보니 20km 지점이다.

20km를 지나니 저만치서 회장님과 김학경 선배님이 시야에 들어왔다. 나를 위해, 두발로 식구들을 위해 기꺼이 긴 시간을 기다려준 두 분을 보니 갑자기 울컥했다. 난 두 손을 들고 반갑게 달려갔다. 회장님께서 꿀물을 챙겨주셨으나 마시지 않았다. 왠지 마시면 몸에 부담을 줄 것 같은 생각이 들어서였다. 뛰면서 나를 생각하며 건네셨을 꿀물을 마시지 않고 그냥 지나쳐 온 게 미안하고 자꾸만 생각이 나 뛰는 내내 후회가 되었다.

그런 마음으로 더 열심히 달려 30km 지점에 도착했다. 30km까지는 정말 달릴 만 했다. 딱히 통증이 오는 곳도 없었고, 숨이 가쁜 것도 아니었고, 편안했다.

그러나 32km를 지나자 몸 상태는 돌변하였다. (누구나 이 지점에 오면 다 그런다.) 어김없이 발목이 저리고 무릎이 고통스럽고 허리는 끊어질 듯한 통증으로 고통스러웠다. 선배님들이 하셨던 말씀이 그대로 맞아떨어지는 순간이었다. '아! 이거구나! 그 힘들다는 '사(死)점의 구간'이 이제 시작인거구나!!' 그때부터 내 발은 내 발이 아니었다. 그래도 '절대 걷지는 말자'라고 중얼거리며 제자리걸음 같은 속도로 계속해서 달렸다.

잠실대교에서 건포도를 먹으며 잠깐 숨을 고르니 37.5km, 물을 마시고 잠시 쉬었지만 걷지는 않았다. 속으로 단 한 가지만 생각했다. '걸으면 안 돼. 절대 걸으면 안 돼. 오늘 난 걷지 않고 풀코스를 완주할 거야.'

그렇게 또 제자리걸음과 같은 속도로 가다 보니 40km 지점이다. 마지막 남은 2km를 위해 조금만 힘을 내자라는 생각으로 1km를 조금 더 빨리 뛰었다. 뛰다보니 41km 푯말이 보였다. 드디어 많은 응원 인파와 그렇게 기다리는 종합운동장이 보였다. '이제 끝이다. 죽을힘을 다해 뛰어보자'라는 생각으로 그때부터 나름 빛의 속도로 달리기 시작했다. 앞에 가던 수많은 사람들을 하나둘씩, 제치고 뛰어가는 기분이 이런 거였다. 비로소 느꼈다. 그 쾌감을. 그렇게 뛰는데 주위에서 하는 말이 들렸다.

"야! 저 핑크색 여자, 진짜 빨리 뛴다."

난 이렇게 속으로 맞받아쳤다.

'그래! 나 이런 뇨자야.~~~~내가 누구야! 박미애라고!!!!'

그렇게 빛의 속도로 달려 골인지점에 다달했다. 드디어 해냈다는 생각에 나 스스로가 너무 뿌듯하고 자랑스러웠다. 그렇지만 한편으론 힘이 좀 남아 더 빨리 뛰지 않음에 아쉬움이 컸다. 그러나 나에겐 오늘이 마지막이 아닌 처음이기에 다음을 기약할 수 있어 감사했고 행복했다. 완주 후 맘대로 움직이지 않던 다리를 절뚝거리며 두발로 식구들이 기다리고 있는 약속장소로 향하였다.

내 두 눈에서는 뜨거운 눈물이 흘렀다. 그 눈물은 살면서 한 번도 느껴보지 못했던 나의 가슴을 파고드는 강력한 무엇이었다. 그리고 그 눈물은 나를 강하게 해주는 무기가 되었다.

(좌) 2012년 동아마라톤 풀코스 완주 후(포토존에서)
(중) 2012년 동아마라톤 풀코스 완주 후(두발로 식구들과)
(우) 2019년 동아마라톤 풀코스 완주 후(잠실운동장에서)

다음은 풀코스 완주 후 두발로 식구들에게 내가 건넨 감사의 말이다.

완주 후 반갑게 맞이해 준 두발로 식구들!! 너무 감사드립니다. 그 짧은 시간에 서로를 격려해주고 칭찬해 주셨던 모습, 저의 심장 안에 크게 자리 잡을 것 같습니다. 흔히 인생을 마라톤에 비유하지 요. 말로만 인생은 마라톤이라 했는데 그게 무엇인지 비로소 느낄 수 있었습니다.

약 7년 다닌 직장을 퇴사하고 지금 집에서 쉰 지가 5개월 정도 되었습니다. 직장을 퇴사한 이유는 더 큰 목표가 생겼고 그 목표를 향해 도전하고 또 그곳에 오르기 위함이었습니다. 그러나 막상 도전을 해 보았지만 쉽지만은 않았습니다. 많은 난관들이었더군요. 그렇지만 저는 계속해서 도전할 것이며 반드시 목표한 그 자리에 오르려 합니다.

42.195km, 마지막 1km에서 제가 빛의 속도로 달리며 마음속으로 새겼던 한마디입니다. '그래, 시작과 과정은 힘들지만 반드시 난 지금과 같이 달릴 거야. 내가 원하는 그 자리에 우뚝 설 거야.'

처음으로 풀코스를 뛰었고 또 완주를 하였습니다. 인생에 있어서도 결국 완주라는 큰 기쁨을 느낄 수 있길 바랍니다. 칭찬과 격려로 또 다른 저를 발견하게 해 준 두발로 식구들 너무 너무 감사드립니다. 지금과 같은 마음으로 끝까지 함께하길 바라고 또 바랍니다.

위 글은 8년 전의 나의 모습, 나의 느낌, 나의 생각을 엿볼 수 있는 값진 흔적이다.

나는 그렇게 몇 년간의 시간이 흐른 2019년 3월 17일. 생애 첫 풀코스 마라톤을 뛰었던 동아마라톤에서 다시 한 번 풀코스를 완주했다.

첫 풀코스를 완주하던 2012년 3월 그날의 감동과 견줄 수는 없겠으나 첫 풀코스를 완주하고 내가 갖게 된 강력한 무기가 내안에 온전하게 자리 잡고 있음을 느낄 수 있었던 값진 시간이었다.

풀코스, 너는 내게 매번 값진 울림을 준다.

그래서 더 빠져드는 이유가 되는 것 같다.

4. 뛸 수 있는 두 다리가 있어 감사하다. 어제도 그리고 오늘도…

나는 강사다. harassment 예방교육 강사다. 그리고 나의 닉네임은 '하니'다. 달려라 하니에서 영감을 얻어 달리기 하는 강사라는 이유로 '하니 강사'로 활동하고 있다. 강의를 할 때마다 나는 나를 '하니 강사'라 소개하며 아래 사진을 사용하고 있다.

강의를 하며 '대단하다', '멋있다'라는 말을 매번 듣는다. 내가 처음 마라톤을 시작하며 풀코스를 뛰는 사람을 보며 했던 말들이다. 그런데 지금 내가 그 이야기를 듣고 있다. 그 멋있는 일, 대단한 일을 왜 다른 사람들은 시도하지 않고 당사자가 아니라 주변인으로서만 멈춰 있을까? 내 경험으로는 할 수 있다고 생각하고 믿고, 도전하면 할 수 있는데 말이다.

강사를 하기 전 다양한 교육을 받으며 나에게 가장 큰 떨림을 주는 단어는 '틀', '프레임', '고정관념'이었다. 교육을 통해 한 번도 고민하지 않았던 고민이 생기기 시작했고 들리지 않았던 목소리가 들리기 시작했으며, 보이지 않았던 것들이 보이기 시작하였다. 나는 더 큰 배움의 끌림이 생겼다. 그 배움의 끌림에 나를 인도한 힘은 바로 마라톤이었다.

"마라톤을 통해 배운 게 무엇이냐?" 묻거든 나는 이렇게 답한다.

"삶은 늘 마라톤의 연장선이며 그 안에서 나는 마라톤을 통해

자기 확신이 강해지는 모습을 발견합니다."

　다 밝힐 수는 없으나 과거 난 참 힘든 삶이 반복이었던 시기가 있었다. 한동안 일에 미쳐서 보낸 세월이 있었다. 물론 그래야만 했던 간절했던 이유가 있었다. 열심히 살아도 나아지지 않는 삶, 아등바등 살면서 한 줄기 빛조차 보이지 않았던 삶, 나는 어떻게든 돈을 벌어야 했다. 아이들을 위해, 나를 위해, 지금도 나는 치열하게 일에 미친다. 그런 보낸 세월이 근 8년째다. 그래서인지 많은 이들이 묻는다. "새벽같이 나와서 밤늦게까지, 그것도 전국을 운전하고 다니며 일을 하는데 힘들지 않느냐고." 그러나 나는 분명한 이유가 있었다. 그것은 가난했던 내 부모의 모습을 보며, 생계 부양자의 역할을 하며 가진 게 없는 서러움이 무엇인지 절실하게 느껴본 나로서는 돈을 벌어야 하는 간절함이 너무도 컸기 때문이었다. 지금 생각해 보면 억척스럽게 일을 하지 않을 수 없는 무언의 강요된 노동의 세월이 아니었을까? 그때마다 내 버팀목이 되어 주었던 마라톤이다. 마라톤은 나의 많은 사연과 고통과 아픔을 치유하고 나를 더 강하게 만들었다. 그것은 자기 확신이었다.
　마라톤을 하는 이유는 제각각이듯, 그 목표 또한 제각각이다. 그러나 나의 목표는 늘 한결같다. '포기하지 않고 다치지 않고 오늘도 무사 완주'하기이다. 그래서 나는 두발로마라톤 클럽에서 일명 '설렁설렁 박'으로 통한다. 무리하지 않고 천천히 설렁설렁 뛴다고 붙여진 별칭이다. 난 이 별칭이 참으로 마음에 든다. 내가 살고자 하는 삶의 방향성과 닮아 있기 때문이다.

조금 천천히 간들 어떤가! 기록이 내 목표치에 못 미치면 좀 어떤가! 무한경쟁의 시대에서 1등만이 인정받고 가진 게 많아야 인정받고 좋은 직업이어야 인정받는 이 사회에서 우리가 진정으로 좇고 있는 것이 무엇인가!

대회장에서 전력질주하다 놓치는 많은 것들이 있다. 나 역시 한동안 기록에 연연하여 무리하게 뛰었던 시기도 있었고 그 결과 기록의 보람은 있었으나 한 번도 마라톤을 즐기지 못했었다. 마라톤은 하나의 축제의 무대이다. 그 축제의 무대에서 축제를 그냥 지나칠 것인지, 무대에 오를 것인지는 오로지 내가 결정한다. 다양한 이유로 마라톤을 하는 전국의 수많은 러너들, 그 이유가 기록 단축이든, 완주든, 10km든, 풀코스 마라톤이든, 난 그들을 응원하고 자기결정권을 존중하며 앞으로도 축제의 무대에 올라 축제를 즐기는 러너가 되려 한다.

마라톤 대회를 나갔다 온 후 샤워를 할 때마다 난 나의 발에게, 나의 다리에게 "고맙습니다."라고 소리 내어 인사한다. "오늘도 다치지 않고 뛰어줘서 고마워~ 오늘하루 너무 고생했어~ 나의 다리야~ 나의 발아~" 나는 지금껏 그래 왔던 것처럼 앞으로도 두 발과 두 다리에게 감사하다고 속삭이며 두발로 식구들과 즐겁게 오래도록 함께 달리고 싶다.

이 글을 쓰며 나는 나에게 이런 말을 주문처럼 왼다. '누구는 몸이 아파 뛰지 못한다. 누구는 몸이 아파 일하지 못한다. 그러나 나는 건강한 몸이 있다. 그리고 일터도 있다. 건강한 몸이 있기에 하루도 똑같은 날 없는, 다른 사람이 경험하지 못하는 삶을 살고 있다. 이 얼마나 감사한 일인가! 함께하기에 가능했던 일들, 함께여서 더 행복했던 일들, 그 감사함과 행복함을 혼자가 아닌 두발로의 많은 식구들과 함께할 수 있는 난 참으로 행복한 사람이다.'

나는 마라톤을 통해 오늘도 한걸음 더 성장하는 내 모습을 발견한다. 나의 성장의 발판은 마라톤이었고 마라톤이 될 것이다. 내가 존경하는 법륜스님이 전해 주신 『법구경』 한마디로 나의 마라톤 일대기를 마무리하려 한다.

행복도 내가 만드는 것이네.
불행도 내가 만드는 것이네.
진실로 그 행복과 불행, 다른 사람이 만드는 것 아니네.

추신: 마지막으로 나의 마라톤 역사를 기록으로 남길 수 있는 기회를 만들어주신 간호윤 교수님께 심심한 감사 인사드립니다. 또 두발로의 중심인 황 회장님, 서 훈련대장님 이하 많은 선배님, 후배님들, 우리는 모두 두발로의 역사입니다. 이 기쁜 순간을 함께 할 수 있어 영광입니다.

내 안의 믿음과 마라톤을 통한 건강한 신체 덕분에 난 어제도 달렸고 오늘도 달리고 내일도 달릴 것이다.

2019년 6월의 어느 날.

5년 마라톤이 준 몸의 변화

소미영

아침에 눈을 뜬다. 날로 새롭고 또 날로 새롭자(又 一新! 又 一新!)

두 다리를 모아 올려 오른쪽 왼쪽으로 기울이고

고개는 반대로 30번 허리 운동을 하고 일어난다.

그다음 따뜻한 물 한 컵을 마시고 화장실로 직행~

그리고 생명수(요로법)를 마신다. 습관이 된 나의 하루의 시작이다.

이렇듯 마라톤도 습관처럼 일주일에 두 번은 뛴다. 수요일은 부천종합운동장 8km(20바퀴), 일요일은 아침 6시 30분 12.5km를 뛴다. 눈이 오나 비가 오나 별일없으면 꼭 뛰고 있다. 이런 일상이 몸의 큰 변화를 가져왔다. 그 대략을 적으면 아래와 같다.

1. 얼굴 홍조: 10년 이상 코와 턱 주위가 빨갛게 되어 수영도 못 배우고 화장도 못하고 늘 고민이었는데 얼굴이 깨끗해졌다.

2. 치질: 처녀시절부터 변비, 아이 낳고부터 치질로 괴로워 침과 뜸 반신욕을 했지만 낫질 않았다. 지금은 변비도 치질과도 이별했다.

3. 요실금: 줄넘기만 해도 찔끔찔끔 지리던 소변, 풀코스를 뛰어도 괜찮다.

나는 이제 마라톤 전도사가 되었다. 주위 분들에게 건강엔 뛰는 게 최고임을, 걸을 수 있으면 뛰라고 권한다. 마라톤을 한 지 5년 사이에 많은 신체적 변화가 왔기 때문이다. 내가 마라톤 처음 시작한 것은 2015년 5월, '복사골 마라톤대회'였다. 남편을 따라갔다가 배번호가 있다고 하여 정연희 님과 10km를 뛰었다. 연희 님은

남편과 커플런 10km를 뛰며⋯ 9위 수상

내가 아니었다면 완주를 못할 뻔 했다면서 잘 뛴다고 했다. '아, 나도 할 수 있구나!' 자신감을 얻어 그때부터 일요일 아침이면 인천대공원으로 남편과 동호회 회원들과 뛰었다. 처음 몇 달은 너무 힘이 들었다. 그래도 견딘 나에게, 나는 '장하다!'며 복숭아 한 박스를 선물하였다.

그렇게 연습을 한 후 첫 대회 '스포츠서울커플런 대회'에 참여했다(2015.11.15). 남편은 앞서서 뛰며 바람도 막아 주고 오르막을 밀어 주며 나의 숨소리를 들으며 페이스를 조절해 주며 뛰었다. 10위까지 상을 주는데 9위를 했다. 상장과 영화티켓 2장!! 힘든 만큼 기쁨은 배가 되었고 자신감이 부상이었다.

이후 2016년 4월 첫 하프에 도전했다. '서산마라톤'대회에서 1시간 55분이란 성적을 냈다. 첫 풀 마라톤은 '조선일보 춘천대회'였다. 2016년 10월 단풍이 곱게 든 달리기 좋은 가을 어느 날이었다. 춘천 호반은 아름다웠다. 20km쯤 갔을까. 훈련대장 서성근 님과 보조를 맞춰 뛰고 있는데 뒤따라오던 어떤 노인분이 말을 걸었다.

"아가씨인가요? 왜 이렇게 잘 뛰어요!"

부인과 마라톤을 하는데 풀 마라톤을 600회 이상 완주했다고 하셨다. 너무 놀라 성함을 물으니 '부산갈매기'라면 다 안다고 하였다. (유튜브를 찾아보니 서광수(72), 신영옥(66) 세계 유례없는 기네

스북에 오른 부부 완주 600회의 주인공이셨다.) 남편이 풀 마라톤을 자주 뛰어 걱정을 했는데, 걱정보다는 안도감을 주는 계기가 되었다. '우리 부부도 70~80대까지 건강이 허락되는 한 뛰어보리라!' 는 생각이 들었다. 나는 그 대회에서 4시간 24분으로 완주하였다. 내 인생 첫 풀코스 기록이다.

지금 보니 난 5년 동안 풀코스 5번, 하프 22번, 32km 3번 알몸 마라톤(7km) 2번, 12.5km 대공원 약 240번, 수요마라톤 8km 약 100번 정도를 달렸다. 이렇게 꾸준하게 뛸 수 있었던 것은 남편과 동호회원들이 있기에 가능했다.

나는 때론 노래로 발 박자를 맞춘다. '오! 오! 내 사랑 목련화~ 야, 그대 내 사랑 목련화~야' 하면서 뛰면 온몸이 가벼워진 듯하다. 또 때론 정지용 선생님의 〈바람〉이라는 시를 읊는다.

바람

바람

바람

늬는 내 귀가 좋으냐?

늬는 내 코가 좋으냐?

늬는 내 손이 좋으냐?

내사 왼통 빨개졌네

내사 아므치도 않다.

호호 칩어라 구보로!

이제 나는 감사한 마음으로 하나의 소원을 빌어본다.

올 4.27 판문점 선언 1주년을 맞아 파주–판문점–개성공단 코스를 달리는 마라톤 대회 개최가 무산되었지만 내년 2주년엔 남과 북이 함께 손잡고 뛰는 통일마라톤!!! 꼭 이루어지길 염원한다. 그리고 마라톤과 글은 늘 힘들다 뛰며, 놀며 외쳐본다!

글 수레, 마라톤 수레~,

글 마중, 마라톤 마중~,

글 사랑, 마라톤 사랑~,

글 옷, 마라톤 옷~,

글 문, 마라톤 문~,

글발, 마라톤 발~,

글 꽃, 마라톤 꽃~,

글 벽, 마라톤 벽~.

다음 표는 지금까지 내가 달린 기록이다. 스스로 대견하다는 맘으로 작성해 보았다.

풀코스 42.195Km

횟수	날짜	대회명	기록	비고
1	16.10.23	조선일보 춘천	4시간 가봉	
2	19.10.2?		4:10	
3	18.3.18	동아 자자마돈	3:5?	*최고기록
4	18.10.28	조선일보 춘천	3:58	
5	19.3.17	동아 자자마돈	4:06	

32.195Km

1	16.2.2?	챌린지	3:14	
2	19.2.19	레이스	3:06	
3	18.2.2?	챌린지레이스	2:59	*시나 최고기록

10Km. 7Km 기타

1	16.10.2	부천 복사골	10km 5?분	여자기?
2	18.5.20	부천시 마라톤	2위(도로외)	
3	18.8.1?	부천시 마라톤	3,000m 12분	5매 2위
"	18.8.4		100m 18초	3위
1	19.12.2?	월끼 마라톤	7km 34분	여자4위
2	18.12.16	"	10.5km 51분	여자2위
1	15.11.15	스포츠서울 커플런	10km 49분	9위(연하대회)
	18.5.12	전국마라톤체육대회	800m	여자1위
	18.11.1?	최우마스트스수깐 참가		부천?
	18.12.1?	부천시 육상을 빛낸 (생활체육부문)		부천시 우수상장

하프 21.0975Km

횟수	날짜	대회명	기록	비고
1	16.4.10	사산전국자마돈	1:55	
2	16.4.2?	서울하프	1:53	
3	16.9.2?	그린 마돈	2:03	여자 4위
4	16.11.13	스포츠서울	1:56	
5	19.4.30	서울하프	1:52	여자 6위
6	19.5.2?	바우의날	1:58	
7	19.6.2?	강화해변	1:51	
8	19.6.6	서울한강레이스 챔피언쉽	1:48	여자2위 트로피 스틱
9	19.10.15	부천복사골	1:48	
10	19.11.19	손기정 생가	1:48	
11	18.1.28	월드런	1:56	
12	18.6.2?	강화해변	1:46	
13	18.9.2	김포강촌 평화	1:48	
14	18.5.2?	바우의날	1:49	
15	18.10.9	인천송도 국제	1:45	
16	18.10.2?	부천 복사골	1:44	
17	19.1.1	신년일출 새해맞이	1:48	
18	19.1.2?	설레지! 월드런	1:431	*최고기록 여자2위(트로)
19	19.4.1	경주소백산	1:53	
20	19.4.28	서울하프	1:46	
21	19.6.2	새벽 강변축제	1:49	여자6위(
22	19.6.2?	강화해변	1:56	여자4위

마라톤 100회 완주를 향해, 70대까지 달려라!

황영하

　'부천두발로'에 처음 가입하여 인천대공원을 완주한 기억이 아직도 생생하다. 그렇게 긴 거리는 처음 뛰어봤다(12.5km). 너무 힘이 드는데 회원들과 같이 뛰니 '힘들다'고 말할 수도 없고 걷고 싶은 마음이 가득했지만, 억지로 참고 완주했다. 하지만 처음이 그렇게 힘이 들었지 시나브로 시간이 흐르고 횟수가 거듭 될수록 조금씩 나아졌다.

　그렇게 3개월에 걸친 겨울 훈련을 한 번도 안 빠지고 참가하며 풀 마라톤을 준비했다. 첫 풀코스를 기억해 본다.

　2014년 '동아마라톤', 내 풀코스 첫 출정식이다. 겨울동안 열심히 준비하여 광화문으로 출발하는데 한 번도 가보지 않은 길과 같이 긴장과 두려움이 앞서고 뒤섰다. 많은 참가자들을 보면서 용기가 솟고 힘이 나는 듯했다. 내 목표는 '서브 4'였다.

출발과 동시에 무리하지 않기 위해 비슷한 스피드의 마라토너들과 발걸음을 맞췄다. 긴장해서도 그렇지만 초반에는 별 무리 없었다. 그런데 25km부터 다리가 서서히 굳어져 갔다. 잠실대교가 보일 때쯤에는 참기 어려운 고통이 찾아왔다. 다리는 점점 무거워지고 그만큼 몸은 고통스러웠다. 남은 거리는 5~6km 너무나 멀었다.

힘을 내야겠다고 목표인 서브 4를 위해 없는 힘까지 짜내며 달렸다. 결과는 4시간 1분! 안타깝게도 1분 차이로 목표를 달성하지 못했지만 첫 완주의 기쁨은 말로 표현할 수 없었다.

나는 올 해로 마라톤 구력 7년차에 접어든다. 그동안 36번의 풀코스를 완주했다. 42.195km 마라톤은 대회마다, 코스마다, 컨디션에 따라 다르다. 이러한 변화무쌍한 마라톤의 어려움이 오히려 나를 마라톤의 매력에 빠져들게 만드는 건지 모르겠다. 우리삶이 예측할 수 없는 것과 같이 마라톤도 그와 같다는 생각이다.

내 풀코스 최고 기록은 3시간 27분이다. 나는 이 기록을 단축하기 위해 산악훈련 인터벌훈련, LSD훈련을 하였다. 그러던 중 족저근막염이 찾아왔다. 나의 오만함에 경고라도 한 듯하다. 처음 족저에 걸렸을 때는 제대로 걷지도 못할 정도로 발에 통증이 왔다. '이러다 정말 뛰지도 못할까' 하는 두려움도 들었다.

치료법에 대해 여러 방면으로 알아본 결과 나에게 맞는 족저근막염 자가 치료 방법을 알게 되었다. 족저근막염은 마라토너들에게 흔히 찾아오기에 지면을 빌려 내 자가 치료법을 공개한다.

첫 번째는 골프공을 발바닥에 놓고 30분 이상 굴리며 발바닥을 지압한다.

두 번째는 대야에 얼음물을 만들어 아침저녁으로 30분 이상 발을 담근다.

시베리아 벌판을 달리며

족저는 염증을 잡아줘야 하기 때문에 찬물에 담그는 것이 가장 좋은 방법이다. 우리가 풀코스를 뛰고 나면 찬물에 하반신을 담그는 것과 같은 이치이다. 나는 이렇게 6개월을 거르지 않고 한 결과 병원에 안 가고 거의 나을 수가 있었다.

나는 이제 시간 단축이라는 목표가 아닌, 꾸준히 마라톤 대회에 참여하여 풀코스 100회를 달성하고 싶다. 또한 칠십까지 건강하게 마라톤을 즐길 수 있기를 기원한다. 그러기 위해서는 좀 더 절제된 삶이 필요하다. 남한테 인정받는 삶이 아닌 자기 자신에게 인정받는 삶, 자기와의 싸움에서 이겨낼 수 있는 것이 진정한 마라톤이 아닌가 생각해 본다.

좋은 인연 같이 뜁시다

이상배

나는 뭐든지 잘 먹고 소화도 잘 하는 건강한 사람이었다.

그러나 군 전역 후 사회생활에 적응을 한다며 나도 모르게 술과 담배로 건강을 해치고 있었고 맵고 짠 음식을 폭식하며 스트레스를 해소하곤 했다. 하지만 늘어나는 뱃살과 타성에 젖은 생활이 나를 게으르게 만들었고 무기력한 생활이 반복되었다.

그러다가 예전의 에너지 넘치던 나를 되찾기 위해 새벽에 무작정 집 근처 초등학교 운동장을 달리기 시작했다. 그렇게 3개월이 지나자 신기하게도 몸과 마음이 한결 가벼워지는 것을 느꼈다. 이에 체계적으로 건강을 관리하기 위해 헬스장을 다니게 되었다.

그곳에서 운 좋게 인간미 넘치는 좋은 사람들을 만나게 되어 그들과 호형호제하면서 마라톤 동호회를 함께 하게 되었다. 마라톤 동호회 입문 1년 만에 중앙마라톤 42.195km를 완주하였다. 이듬해 동아마라톤 풀코스를 4시간 30분 만에 완주하는 내 생애 최고의 기록을 세웠다. 이 완주 때 느꼈던 성취감을 떠올리면 어떤 어려움도 좌절하지 않고 극복할 수 있다. 그것이 벌써 15년 전, 2004년이다. 그 뒤 나는 일요 마라톤 연습에 항상 참석하였다. 연습을 하며 사람들과 함께 기쁨의 함성을 지르고 함께 달린 성취감에 행복을 느낀다. 일요 마라톤 연습은 무미건조하고 무기력했던 나의 일상에 새로운 활력을 불어넣는다. 답답한 마음과 복잡한 생각들을 시원하게 날려버리게 해주는 일요마라톤 연습이 나는 매번 기다려진다.

매주 일요일 아침에 인천대공원에 가는 발걸음이 언제나 가볍다. 좋은 사람들과 담소도 나누며 몸과 마음이 건강해짐을 느끼게 해주는 일요 마라톤 연습이야말로 나에게 더할 나위없는 생활의 활력소가 된다.

이제 나는 나를 가슴 뛰게 만들었던 풀코스에 또 다시 도전해보려 한다. 꽃보다 청춘이라 했던가!

나의 환갑 기념 풀코스 도전이다. 그 시작을 이 글로 알리고 싶다.

항상 그랬듯이 우리 '두발로 마라톤 동호회'와 함께 앞으로도 좋은 인연을 지속하면서 건강하게 같이 뛰었으면 한다.

앞서 가지 말고 다 같이 뜁시다.

뛰어야 행복한 사람들의 모임!

부천두발로마라톤 클럽 파이팅!

부천두발로 초창기 동호회원들과(끝 열 맨 우측이 필자)

나의 마라톤은 끝나지 않았다

정연희

마라톤을 하였지만 훈련법 등 이런 거창한 거는 모릅니다. 그러니 그냥 주절주절 내 얘기를 해보렵니다. 내가 마라톤을 시작한 게 그러니까 2012년 1월쯤 되는 것 같다. 아는 동생이 마라톤동호회 '부천두발로'에 가입했다는 걸 알고 처음 인천대공원에 따라갔다. 엊그제 같은데 벌써 7년이라는 세월을 '부천두발로'에 몸담고 있다.

마라톤은 선수들만 하는 건 줄 알고 있었는데 아마추어 동호회가 있다는 게 신기했다. 처음 참석한 동호회에선 무척 반갑게 맞아 주셨다. "가볍게 인천대공원을 뜁니다" 하기에 진짜 인천대공원만 뛰는 줄 알았다. 아니었다.

후문으로 나가서 군부대 약수터를 돌아서 다시 돌아오는 거리 12.5km! 죽을 만큼 힘들었지만 '저 사람들도 뛰는데 내가 못하겠냐' 싶어 오기로 완주하였다. 그리고 뒤이어지는 아침식사자리, 난 처음으로 뛰고 난 후의 후유증보다 왠지 모를 벅찬 감정과 뿌듯함을 느꼈다. 처음 봤지만 동료애가 느껴지는 사람들이었다.

이렇게 뛰다 보니 2012년 4월엔 최악의 몸 상태인데도 마라톤 10km 7위하는 성과도 얻었다. 그해 9월 23일은 경기도 생활체육대축전 10km에서 기록을 단축하고 부천육상협회 언니들과 여자 400m 계주에서 마지막 주자로 내가 뛰었고 우리 부천시가 1위를 했다. 부천시 대표로 나가니 유니폼도 득템하고…. 지금 돌이켜 생각해보니 마라톤을 하면서 많은 경험을 한 것 같다.

2012년 10월 7일, 부천복사골마라톤대회에서 나의 생애 첫 하프도전 기록을 세웠다. '2시간 5분!' 나름 선전이었다. 나는 기록단축을 목표로 잡았고 진행은 순조로운 듯했다.

2013년 2월, 내가 마라톤을 시작한 지 딱 1년 되는 해에 동아마라톤 도전을 앞두고 '챌린지 32km'를 참가하였다. 27km에서 고비가 왔다. 뛰어도 힘들고 걸어도 힘들고 그렇게 생각하며 걷고 있을 때 김정호 선배님이 옆에서 같이 뛰어주시며 한 말은 잊지 못한다.

"저 사람들도 똑같이 힘들다."

이 말을 듣는 순간 빨리 뛰어가서 쉬어야겠단 생각이 들었고 그야말로 오기로 뛰었다. 나는 42.195 풀코스를 뛰는 사람들을 대단하다고 생각할 수밖에 없었다.

드디어 3월 동아국제마라톤대회가 다가왔다. 드디어 42.195km를 생애 처음 도전하는 날이다. 가슴이 벅차고 설렜다. 완주만 할 수 있기를 간절히 바라며 내 페이스대로 뛰자고 두 번, 세 번 마음을 먹었다.

'4시간 45분!'

기록이 나오는 순간, 그것은 벅찬 감동이었다. '무엇이든 할 수 있을 거'라는 생각이 들었다. 훈련을 안 하고도 혼자 전 구간을 완주했다는 자신감, 나 자신이 그렇게 자랑스러울 수가 없었다.

그러나 그것이 끝이었다. 나는 마라톤 시작 1년 만에 마라톤을 접을 줄 미처 알지 못했다. 그해 하프 몇 번 뛰고 다시 10월 가을의 전설 춘천마라톤에 도전장을 냈다. 나의 두 번째 풀코스도전은 동아 때보다 더 몸과 마음도 가벼웠다. 느낌상 기록단축도 될 거라는 기대감도 충만하였다.

드디어 춘천마라톤이 시작되고 23km 쯤 족저근막염이 왔다. 도저히 뛸 수가 없었다. 다리를 질질 끌다시피 걸었다. 그때 동호회원인 간호윤 교수님이 지나가다 옆에서 보조도 맞춰주고 중간 음료도 챙겨주었다. 그렇게 얼마간을 지난 후 교수님께 먼저 가라고 말하고 완주만 하자는 생각을 하며 걷다시피 뛰었다. 드디어 피니시라인에 들어오니 먼저 가신 교수님이 기다려주고 계셨다. 짐도 들어주니 얼마나 기운이 나고 고마웠는지 모른다. 이것이 동호회원 간의 정이란 생각이 들었다. 비록 제대로 뛰지도 못했고 기록은 5시간 15분이 나왔지만 포기 안 하고 완주를 했다는 데 자부심을 느꼈다

춘천마라톤 이후로 발상태가 안 좋아 3년을 넘게 쉬었지만 호전이 되지 않았다. 체력만 믿은 나의 자만심이 지금의 발 상태를 만든 것이다. 지금까지도 족저근막염은 나를 괴롭힌다. 그래 '이젠 마라톤을 그만둘까' 하는 생각을 해 보기도 하지만 완주했을 당시의 두근거리는 심장소리를 잊을 수 없다. 그것은 그 어디에서도 느낄 수 없는 희열이다. 난 아직도 그 심장소리를 느낀다.

마라톤은 연습 없이 뛰는 경기가 아니다. 그것은 무모한 일이다. 이 글을 읽는 분들은 나처럼 연습을 안 하고, 혹은 자신의 체력만 믿고 자만심으로 마라톤 대회에 임하지 않았으면 좋겠다.

이 글을 쓰는 난, 이젠 훈련 참여도 못하고 대회 참가도 못한다. 그래도 뛸 수 있을 때까진 뛰어보고 싶다. 나에게 마라톤이란 많은 생각과 가능성을 알려주고 다시금 인생을 돌아보고 생각할 수 있는 시간을 주었기 때문이다. 우리 인생도 마라톤인 것처럼.

마라톤은 누구와 경쟁이 아닌 나 자신과 싸움인 거 같다. 또 하나는 동호회원의 정이다. 마라톤은 분면 혼자 뛰지만 그룹 속에

서 같이 할 때는 혼자 뛰지만 같이 뛰고 있다는 것을 느낀다. 아마도 이것이 진한 동료애가 아닌가 한다. 그것은 이 각박한 인생살이에서 꽤나 의미 있는 일이다.

나는 아직도 많은 갈등 속에 있다. 하지만 내 인생의 마라톤은 끝이 아닌 새로운 시작을 맞을 것이다. 왜냐하면 나는 아직도 '두 발로 마라톤'이기 때문이다. 아직 나의 마라톤은 끝나지 않았다. 다시 한번 도전을 외쳐본다.

몇 자 더: 우리 '두발로 마라톤', 점점 발전을 거듭해 가는 두발로 식구들이 있기에 아픈 것도 잊고 다시 할 수 있다는 믿음이 생기는 듯하다. 나의 사수라며 항시 기억해주는 간 교수님께 감사를 드리며 교수님 덕분에 나 아닌 우리들의 이야기가 책의 한 페이지, 페이지를 장식한다 하니 생각만 해도 벅차고 설렌다. 많은 사람들이 어렵다고만 생각하지 말고 마라톤에 도전해보면 좋겠다.

나의 마라톤 입문기

유정하

전 그 유명한 58년 개띠 유정하입니다. 저의 마라톤 입문을 글로 써봅니다.

1997년 6월쯤, 전 TV에서 방영하는 병원 24시를 보고 있었습니다. 내용은 30대 중반의 가장이 간경화로 아내의 간을 이식 받아야 한다는 내용 이었습니다. 부부는 돌이 안 된 아들이 있었구요. 저도 그때 아이들이 중학교, 고등학교를 다니고 있었습니다. 그 프로그램을 본 순간 제가 건강해야 가족을 지킬 수 있을 거라는 생각이 들었습니다. 전 그때 까지도 하루에 88디럭스 2갑을 피우던 때였습니다. 좀 많이 피웠지요.

전 그 즉시 가족들에게 금연을 약속하고 가지고 있던 담배와 라이터를 버렸습니다. 담배를 끊기 위해서 헬스장에 등록을 하고 하루 2~3시간씩 러닝과 기구운동을 매일하고 집에 들어가서 쓰러져 자곤 했지요.

그러던 중, 우연히 복사골 마라톤 클럽에 가입을 하고 마라톤을 시작을 했습니다. 사실 전 군복무 때도 구보는 거의 낙오 수준이었습니다. '과연 내가 마라톤을 할 수 있을까?' 이런 생각이 들었지만 부딪쳐 보기로 하고 일요일 훈련이 있는 인천대공원에 나갔습니다. 동호회원들과 인사를 하고 대공원 후문까지 왕복을 하기로 하고 뛰었습니다.

아니나 다를까. 왕복을 겨우 하지는 몸은 그로기 상태가 되었습니다. 러닝머신을 뛰는 것과 땅에서 뛰는 것은 달랐습니다. 그렇게 몇 번을 뛰자 신기하게도 12킬로의 반환점인 공수부대 까지 갔다가 인천대공원 정문까지 돌아오는 왕복코스를 완주하게 되었습니다. 아마도 러닝머신을 꾸준히 뛰었던 게 도움이 된 것 같았습니다.

얼마 후, 자신감을 가지고 한강 고수부지에서 열리는 마라톤대회 하프를 신청하고 완주를 했습니다. 1시간 43분, 성취감이 너무 좋았습니다.

그러나 과유불급이라고 할까요. 전 토요일 설악산 12시간 등반을 하고 다음날 제2회 한강 마라톤을 참가하여 반환점을 돌고 오던 중 왼쪽 발목을 다쳤습니다. 통증은 점점 커져왔으나 이를 악물고 골인하니 역시 1시간 43분, 그런데 그것이 잘못 된 거였습니다. 통증이 생겼을 때 멈추었어야 했는데 욕심이 과했지요.

그 후로 몇 번의 대회를 나가서 뛰다가 결국 관절염으로 마라톤을 그만두고 헬스장에서 걷기와 기구운동만 하며 보냈습니다. 그렇게 얼마간 흐르고, 헬스에서 운동하면서 친구가 된 박현덕 씨의 권유로 부천두발로에서 다시 마라톤을 시작하게 되었습니다. 처음은 부천복사골마라톤 10킬로부터 시작했습니다. 물론 발목 보호대를 차고 뛰었지요. 차츰 자신감을 얻어서 연기군 마라톤대회, 미사리 한강마라톤대회 등등 열심히 뛰어다녔습니다.

내친 김에 풀코스에 도전하였습니다. 중앙일보 대회였습니다. 그런데 역시 풀코스는 무리였습니다. 발목 통증으로 걷다 뛰다 주저앉아 발목을 주무르고 하면서 4시간 30분에 겨우 완주를 하였습니다. 그 이후로 한동안 뛰지를 못하고 치료만 받았지요. 여기서 저는 자기 몸이 허락하는 조건에서 운동을 해야 한다는 걸 절실히 깨달았습니다. 그래서 지금은 10km, 하프 정도만 가끔 뛰고 부천 두발로 연습에만 나가고 있습니다.

　제가 몸담고 있는 부천 두발로 이야기도 한 마디 안 할 수 없습니다. 부천두발로가 해체 위기까지 갔던 적도 있었습니다. 일요일 연습 참가인원이 5~6명 정도였지요. 그러나 황영하 회장님, 서성근 훈련대장님 등 새로운 회원들이 영입 되면서 활성화되어 이제는 다른 마라톤 클럽에서도 부러워하는 동호회가 되었습니다. 젊은 회원이 많고 열심히 운동하는 우리 부천두발로의 일원이라는

제5회 연기군 복사꽃전국마라톤 대회에서 온 힘을 다해 달리는 중

게 너무 행복합니다. 앞으로도 우리 부천두발로 클럽이 더욱더 발전하길 바랍니다. 아울러 친구 박현덕 씨 고마워요.

부천 두발로 파이팅!

마라닉*을 꿈꾸며

위 성 현

20대 약관(弱冠), 첫 도전

군 입대 후, 1997년 봄부터 운동 삼아 아침 조깅으로 군부대 한 바퀴(10km 이상 된 거 같음)를 뛰기 시작하였다. 사실 달리기하기엔 나의 신체적 조건은 그다지 좋지가 않다. 왼쪽 다리는 하지정맥이 있고 발은 반 평발이다. 그리고 발목은 남들과 달리 일자로 펴지지 않는다. 그래서 장거리 뛰는 것은 자신이 없었다. 그저 제대 전 운동 삼아 뛰었던 것이다.

---

* 마라닉: 마라톤과 피크닉의 합성어이다. 일반적으로 '마라톤'이라고 하면 42.195km를 달려야 하는 무거운 운동으로 생각하기 쉬운데, 마라닉은 그런 무거운 의미에서 벗어나 조금 더 즐겁게 달린다는 의미를 가진다.

이런 내가 제대 말년 여름쯤, 동기가 '춘천마라톤'에 도전하자고 해서 아무 생각 없이 신청하게 된 것이 나의 마라톤 입문기이다.

계획도 준비도 없이 젊음 하나 가지고 도전했으니 지금 생각하면 참 무모한 도전이 아니었나 싶다. 막상 신청하고 보니 FULL 코스에 대한 감이 없어 평일에는 부대 한 바퀴 주말에는 2바퀴 뛰는 연습을 하였다. 제대하기 전 마지막 휴가를 나와서 춘천에 대회 전날 도착하여 간단히 저녁을 먹고 나서 긴장을 풀 겸 춘천 종합운동장을 뛰었다.

다음날 내 마라톤 史의 첫 도전 춘천마라톤 대회 기록은 'Sub-3 달성'이었다. 그 당시에는 몸이 정말로 가벼웠는데 지금 생각하면 무모한 도전이었으나 최고의 기록으로 완주했던 마라톤 대회였던 것 같다. (당시 대회 참가 규정은 4시간 이내 완주.)

40대 불혹(不惑), 한 가정의 가장으로 두 번째 도전을 준비하며

제대 후 회사 취업 및 결혼, 이후 Work & Family Balance 하지 못하고 몸도 마음도 많이 지쳤다. 이 시기 인생의 Turning point가 필요했다. 뭔가 특별한 계기가 필요했다. 이때 직원들과 산행을 가게 되었다. 어느 날, 예전 같으면 맨 앞 또는 중간 이상에서 직원들과 같이 산행을 하였는데 몸 상태가 안 좋았다. 맨 뒤에서 겨우 다른 직원들에게 배낭을 맡기는 상황이 되었고 나 자신에게 자괴감이 들었다. 마침 직장이 강남에서 강서로 이전 하면서 헬스클럽이 생긴다고 하기에 운동신청을 하였다.

목표는 춘천마라톤 Full 코스 완주로 하였다. 남은 기간은 1년이다. 첫 완주 이후 몇 번의 도전을 해 보았으나 처음보다 늦은 시간과 부상들이 따라왔다. 그로 인하여 늘 설렘보다는 두려움이 앞섰다. 당시 몸무게는 75kg 이상, 러닝머신 1km조차 뛰기 어려웠다. 그렇다고 이대로 포기 할 수는 없었다. 어제보다 10m, 10초 더하는 것으로 목표를 잡고 꾸준히 연습하기로 마음먹고 시작했다.

그러나 마음과는 달리 몸 따로 마음 따로였다. 일단 몸무게 감소에 목표를 두었다. 몸무게를 63kg(20년 전 몸무게)에 맞추기로 하였다. 몸이 무거우면 마라톤을 해도 부상의 위험이 많아서였다. 처음에는 다소 줄어드는 것 같았으나 아무리 운동을 해도 70kg 이하로 떨어지지 않았다.

이러한 고민 중에 본사 출퇴근 시간이 변경되었다. 기존에는 9시 출근 18시 퇴근이어서 오전에 일찍 출근하여 운동하였는데, 이제는 8시 출근 17시 퇴근으로 변경되었다. 운동 시간의 변경이 필요했다. 이전에는 오전 또는 퇴근 후 운동을 하였는데 오전에 출근 시간이 앞당겨져 오전이 어려워 퇴근 이후 해보니 운동 이후 집으로 가는 시간이 너무 오래 걸려 점심에 운동하는 것으로 변경하였다. 점심에 운동 후 저녁 한 끼 먹는(요새 말하는 간헐적 다이어트) 것으로 방식을 바꿔 보니 체중이 64kg까지 떨어지면서 몸이 한결 가벼워졌다.

이제 춘천마라톤 출전을 해도 되겠다고 생각했다. 마음이 맞는 직원 3명이 모여서 춘천마라톤을 뛰었다. 부상의 아픔을 알기에 무리하지는 않았다. 춘천마라톤 Sub-3 달성 이후 도전했던 춘천마라톤 무사 완주 기록은 '4시간 3분'이었다.

2018년 두 번째 도전에는 3시간 37분, 직원들이 늘어 6명이 무사 완주하였다.

지금까지도 나는 매월 1회는 모여서 운동 시작한다. 2019년 춘마를 준비하며 3시간 초반 대 기록을 목표로 연습 진행 중이다.

마라톤이란 혼자 뛰는 것이나 혼자서 연습할 수 없는 운동이다. 나와의 싸움은 늘 계속이다. '힘드니 조금 쉴까?' 등 나약한 마음을 먹는 순간 뛰기가 어렵다. 이겨내지 못하면 중간에 포기하게 된다. 그러나 여러 사람이 같이 모여 운동하면 서로 위로가 되고 힘이 되어 잘 뛸 수가 있다.

주말에 같이 운동할 동호회를 찾는 중 가장 활동이 많고 연령층이 다양한 동호회를 찾아 가입하여 현재 춘천마라톤을 준비 중이다.

2019년 춘천마라톤을 준비하며……

2017년 처음 준비하면서 러닝머신 속도 10km/h로 시작해서 4시간 기록하였고

2018년 준비하면서 러닝머신 속도 11km/h로 시작해서 3시간 30분 기록하며

2019년에는 현재 러닝머신 속도 12km/h로 운동 중이고 목표는 3시간 초반을 목표로 준비 중

20대 때 3시간 이내 기록은 조금 더 연습하는 것으로 하고 이번에는 3시간 초반 목표로 운동 중

매번 회사에서 러닝머신으로 운동하다 보니 주말에는 혼자 운동하기 어려워 동호회를 찾기로 하고 밴드 및 여러 온라인을 찾는 중 가장 활동사진이 많이 올라오는 부천두발로에 가입 활동 중이다.

춘천마라톤 준비 LSD 후기

작년 춘천마라톤 이후 제대로 된 대회 참가 없이 실내에서 훈련만 하고 너무나 나약해진 것 같았다. 그래서 30km LSD 훈련을 하고자 직원들과 의견을 모으고 인천대공원에서 진행 예정이었다. 간만에 하는 만큼 다소 긴장도 되지만 설렘도 있었다. 다행히 우천예보도 있고 더운 날이 아니라 참 다행이라고 생각했다. LSD

훈련이 끝나고 저녁에 캠핑장에서 바베큐 파티를 할 예정이며 아침에는 몸풀기 13km 뛰는 것으로 이번 6월 훈련을 마무리하고자 하였다.

이런 계획이었으나 우천이 아니 땡볕으로 인하여 30km가 아닌 26km만 뛰었다. 다음날 13km가 아닌 9km 뛴 것으로 훈련을 마무리하게 됐다.

계획대로는 아니지만 코스 및 뒤풀이 등 직원들의 만족도는 높아서 차후 또 한 번 추진하고자 한다. 이번에는 첫날(39km, 3바퀴)+이튿날(26km, 2바퀴)=총 65km, 5바퀴 계획이다.

마라톤만큼 정직한 운동이 없는 것 같다. 꾸준한 연습 없이는

기록이 좋아질 수가 없고 평상시 몸 관리 못 하면 바로 티가 나기 때문이다. 이런 이유에서 자기관리를 하다 보면 나 자신이 남들에게 보이는 이미지가 좋아지는 것 같다.

마라톤 일기

박영기

마라톤 입문(entrance)

내가 달리기(running)를 시작한지는 거의 20여 년이 넘는다. 현재는 대학에서 교수라는 직업으로 강단에 있지만 당시에는 우리나라 3대 대기업이었던 (주)대우라고 하는 계열 회사에서 근무할 때였다. 기억하고 싶지 않은 IMF 외환위기였던 1997년쯤인가 매년 의무적으로 받는 건강검진 시기가 와서 하나로 의료법인이라고 하는 건강검진팀이 회사에 들어와 검사를 했다. 3주 후쯤인가 결과가 나왔는데 결과가 매우 좋지 않았다. 물론 검사결과 수치에 대해서는 조금 예상을 하기도 했지만 그렇게까지는 예상을 하지 않았기 때문이다. 어떻게 보면 검진을 처음 경험하는 것도 아니고 매년 받는 것인데 신체가 조금씩 변화하고 있음에도 대수롭지 않게 생각하였기 때문이다. 검진결과에 따른 수치가 그렇게 크게 와 닿지를 않았다. '조금 관리하면 좋아질 거야' 하는 생각이었다. 당시의 내 신장은 165cm, 체중은 80kg이었으니 누가 봐도 내 체형을 대략은 상상을 할 수 있을 것이다. 좀 창피한 이야기이긴 하지만 사람들이 의자에 앉을 때 다리를 꼬고 앉는 경우가 많은데 그러한 자세가 작은 소원이었다. 다리는 짧고 굵어 두 다리가 겹치지 않았기 때문이다.

아무튼 1차 최종 검진결과는 2차 검진으로 이어져 종합병원에서 검진을 받아야 하는 상황이었다. 당시 용산에 있던 중앙대학교 병원에서 종합 진찰을 받았다. 결과는 이전 검사와 큰 차이는 없었는데 대학병원에서는 약 처방이 아닌 건강관리를 위한 처방전이 나왔다. 내 생각으로는 일정기간 동안 처방받은 약을 얼마나 어떻게 복용해야 하는 처방전이겠지 했는데, 의사 선생님으로 받은 처방전은 달랑 A4 한 장짜리 설명서였다. 그 내용은 체중을 줄이기 위하여 식사량, 평상시 피해야 할 음식 리스트, 운동량 등 대략 이러한 내용이었다.

이 어려운 상황에서 문제의 해결은 지금부터인데 이렇게 살다가는 안 되겠다 싶어서 시작한 것이 달리기였다. 물론 수영, 탁구를 할까 아니면 헬스클럽을 다녀야 하나 많은 고민을 하다가 결정한 것이었다. 실은 수많은 운동종류가 있지만 달리기는 학교 다닐 때 빼고는 뛰어본 기억이 거의 없으며, 가장 하기 싫은 종목이 달리기였지만 다른 방법이 없었다. 달리기는 운동화에 간단한 운동복, 시간은 아침 또는 저녁, 그것도 안 되면 야간에 뛰어도 되기 때문이다. 어떻게 생각하면 가장 쉬운 운동이었다. 그리고 운동과 병행해야 할 것이 음식조절인데 상황이 여기까지 오다 보니 핑계를 대거나 차일피일 미룰 때가 아니었다. 이러한 러닝도 어느 정도 지나고 보니 꾀가 생겨 눈비가 와도 운동을 할 수 있는 헬스클럽으로 등록을 하게 되었다. 이때가 10kg 정도를 감량했기 때문에 어떻게든 할 수 있다고 생각을 하지만 10년이 지나도 그 이상 큰 신체변화는 일어나지 않았다. 무언가 특별한 변화를 주지 않으면 안 되겠다 싶었다.

헬스클럽에서 10년 넘게 운동을 하면서 본인의 논리대로 러닝머신에 올라가 뛰기도 하고, 헬스기구를 이용하여 운동을 하는가 하면 옆 사람이 기구 사용법을 알려주면 따라하면서 하기도 하였다. 그러는 와중에 헬스에서 같이 운동하던 회원이 마라톤을 제의해 왔다. 그때 달리기와 마라톤의 차이가 어떻게 다른 거지 생각을 했다. 달리기를 장시간 뛰면 마라톤이 되는 거 아닌가? 하면서 예전에 다 해본 운동이라 대수롭지 않게 생각을 했다. 속으로는 '나도 왕년에 다 해본거지 그게 뭐 별거냐?'로 반문하고 잊어버리고 있었다.

그러고 나서 한참 지난 후 헬스클럽 내 회원 중 다른 한 사람이 인천송도국제마라톤이 있는 데 함께 참가하자고 제의가 들어왔다. 코스는 10km이니 조금 부담이 될 수는 있지만 어렵다고 생각하지도 않았다. 사실 그때만 해도 준비된 것이 아무것도 없었다. 마음의 준비도 안 되었고, 운동화도 언제 산 것인지 모를 정도로 오래된 것이었는데, 완주 후 운동화 바닥을 보니 바닥 홈이 닳아 없어질 정도로 오래 신은 것이었다. 다른 사람이 볼까 창피까지 했다. 그도 그럴 것이 헬스에서 신으며 운동화 바닥을 볼 기회가 없었던 것이다. 바닥을 보게 된 계기는 뛰는 동안 내내 시멘트 위를 달리면서 뭔지 모르게 발바닥을 받쳐주지 못하고 미끄럽다는 생각이 들었다. 그뿐이 아니고 운동화보다도 더 중요한 것은 마음가짐이었는데 진짜 준비 하나 없이 남들 간다니까 가볍게 따라 갔던 것이다. 돌이켜 생각하면 이러한 무모한 행동이 몸도 마음도 다칠 수 있다는 생각이 들었다. 이 기록의 목적은 매뉴얼에 있는 것은 아니지만 운동을 하고 있는 현시점에서 본인 나름대로 느끼고 생각나는 대로 기록을 한 것이며, 내 자신의 몸과 마음을 지속적으로 발전시키고 함에 이 글을 옮기는 목적이 있다.

마라톤(marathon)을 하다

마라톤이라고 하면 장시간 또는 장거리를 뛰어야 한다는 생각이 먼저 떠올라 출전하기 전에 거부반응을 보이게 된다. 누구나 생각하듯이 힘들고 어려우며 일반인이 하기에는 한계를 느끼는 운동으로 대부분 모두가 그렇게 인지하고 있다. 어느 날인가 교내에서 마라톤을 한다는 얘기를 들었는지 모 교수가 저에게 다가와 그 힘든 마라톤을 어떻게 하느냐 하는 소리를 여러 번 들었다. 여러 번 생각해본 거지만 내가 소유하고 관리한 신체조건을 최대한 이용하는 격한 운동이라 해도 과언이 아닐 수 있다. '어떻게 보면 맞는 얘기 같기도 하고 어떻게 생각하면 누구나 다하는 건데' 라고 생각할 수 있다. 사실 마라톤의 정규거리인 42.195km는 평지가 아닌 지표면의 고저가 다르고 대회가 개최되는 장소마다 상이한 조건을 달리는 경기로 심폐기능이 훈련되어야 하고, 게다가 단련된 근력이 필요하며, 장시간 달림으로 인한 체온 상승에 따른 관리 능력, 정신적 피로 등에 적절히 대처할 수 있는 능력이 요구된다. 따라서 끈기라 할 수 있는 지구력, 자신이 감당할 수 있는 체력의 배분, 기본적으로 정형화된 훈련기법을 통한 주법(走法)의 터득이 완주의 관건이라 할 수 있다. 말대로 젊고 패기만으로 완주를 하기에는 한계가 있다는 뜻이다.

마라톤이라는 경기는 참가자 각자마다 다르게 느낄 수도 있는

데, 여러 가지 요인들이 완주에 영향을 미친다. 먼저 아무리 마인드 컨트롤로 다져진 주자의 목표도 1등을 해야 하는 선수가 아닌 이상 다른 주자와의 경쟁도 아니다. 바로 자신과의 정신적, 육체적 싸움에서 승리를 해야만 자신의 목표 시간 안에 들어오고, 완주를 할 수 있다. 또한 물리적이긴 하지만 경사면의 고저, 주로의 상태, 날씨 또한 달리는 데 중요한 요인이라 할 수 있다. 지금까지 경험한 대회를 보면 조선일보에서 주관하는 춘천국제마라톤이나 동아일보에서 주관하는 동아마라톤, 경주대회, 공주대회 등 몇 개의 국제마라톤을 제외한 대부분의 육상연합이나 육상단체, 지자체 등에서 주관하는 경기의 경우 국제 공인된 대회가 아니므로 자전거도로, 조깅할 수 있는 겸용도로에서 대회를 진행하는 경우가 많으므로, 아무 장비 없이 맨몸으로 달리는 대회 참가자 입장에서는 위험요소가 다분하다고 할 수 있다. 그야말로 달리기에만 몰입을 하다가는 다치거나 사고 발생 확률이 높기 때문에 긴장의 끈을 놓아서는 안 된다.

※ 마라톤 코스와 제공 물품

지금까지 여러 대회를 참가하면서 모두가 비슷한 코스일 거라고 생각을 했지만 비슷하거나 동일한 코스는 한 곳도 없다는 게 내 생각이며 아마 이게 정답일 수도 있다. 혹시 동일한 코스에서 대회가 치러진다 해도 날씨환경이 다르기 때문에 모두가 다르다고 생각을 하게 된다. 내가 알고 있는 바로는 국제경기라고 할 수 있는 코스는 편도로 이루어진 코스로 되어 있는 듯하다. 사실 그렇지 않을 수도 있지만 앞서 제기되었고 본인이 직접 참가했던 춘천마라톤, 동아마라톤 등의 국제경기를 보면 출발점과 결승점이 각각 다른 일방통행의 외길코스로 되어 있다. 또한 순환코스는 말 그대로 순환하는 코스인데, 출발선과 결승선은 같으나 일정한 장소를 한 바퀴 돌아오는 즉, 순환도로와 같이 오갈 때 코스가 다르다는 특징이 있다. 한편 서울 시내에서 가장 많이 이루어지고 있는 여의도, 상암 월드컵 경기장, 뚝섬 등에서 개최되는 대회는 왕복코스가 있는데 이는 출발선과 결승선이 같으며 정해진 지점을 반환하여 돌아오는 코스를 말한다.

본인 경험상 대회 참가를 신청할 때는 주의사항 등 자세히 읽어볼 항목이 많다. 신청할 때 날짜와 장소, 코스의 난이도, 때에 따라서는 기념품 등 다양한 항목을 체크하지만 사고를 대비한 비상연락망, 혈액형 등도 기록하는 것을 보면 그만큼 난이도가 있는 대회라고 생각을 해볼 필요가 있다는 것이다. 또한 달리는 코스 도중에 물, 이온음료, 초콜릿, 바나나뿐만 아니라 파워젤 등 다양한 음식물이 제공되는데 안내 책자를 통하여 어느 위치에서 어떤 음식물이 제공되는지도 확인해서 본인의 컨디션에 따라 계획적인 음식물 공급이 이루어져야 모든 에너지를 발휘함에 차질이 없으며, 이는 완주와 직결된다고 할 수 있다. 몇 번이기 하지만 지금까지의 경험으로는 대회 협회에서 제공하는 섭취할 수 있는 음식물의 양은 충분하게 공급되는 것 같다. 그렇다고 과한 섭취를 하게 되면 뛰는데도 어려움을 겪을 수 있으며, 공급량의 소진은 후발주자에게는 돌아오는 게 없어 배려한다는 마음으로 적당한 섭취가 중요하겠다.

마라톤, 그 무게감

이렇게 짧은 마라톤 경력이지만 정리하다 보니 내 나이가 적지 않다는 생각이 가끔 들 때가 있다. 가끔 친구들 또는 주위 지인들은 나에게 미쳤다는 둥 아직도 다리가 성하네, 라는 둥 핀잔 같은 걱정을 한다. 가장 심한 사람을 집사람일 것이다. 항상 하는 얘기지만 풀코스는 절대로 뛰면 안 된다는 것이다. 왜냐하면 주위에서 들은 얘기가 있다고 하면서 풀코스를 완주하면 신체적 이상이 온다는 것인데, 보기에는 젊어 보일지 몰라도 나이가 들면 많은 고통을 동반하기 때문에 걱정을 한다는 것이다. 2년 전에 있었던 일이다. 동아마라톤 풀을 신청했다가 참가를 못한 적이 있다. 1주일 전부터 계속 불참할 것을 강요받아 참석할 것을 포기했다. 그만큼 풀코스 마라톤은 자타가 공인하듯이 누구나 마음만 있다고,

젊다고 정해진 시간에 뛸 수 있는 쉬운 거리는 아닌가 싶다. 풀을 뛰어 본 사람은 백이면 백 다 느꼈을 거라고 생각하는데, 30km 정도를 지나면 지금까지 몸에 닿았던 새로운 무게감을 전신으로 느꼈을 것이다. 앞으로 12km를 더 가야 하는 상황에서 어떻게 처신을 해야 하는 것은 앞서 제시했듯이 정신적, 탄탄한 훈련 아니고는 버텨내기가 쉽지 않다.

그래서 집사람의 참가 만류를 한편으로 이해하면서도 2019년 3월에 있었던 광화문에서 잠실운동장까지 달리는 동아마라톤에는 참가한다는 말을 하지 않고, 다른 하프대회에 간다고 하고 새벽에 준비해서 참가한 적이 있다. 완주 후 4시간 9분의 기록증을 카톡으로 보내고 나니 즉시 답장이 왔다. 거짓말 했다는 핀잔과 함께 어디가 아프다고 불평하려면 집에 들어오지 말라는 것이었다. 속마음은 그렇지 않다는 것을 모를 내가 아니지만 미안한 감이 있기도 하면서 걱정해 주는 마음이 고맙기도 하였다. 이제 와서 얘기지만 크게 다친 곳은 없다 해도 다리에 통증이 있던 것은 사실이다. 하지만 다음 대회를 나가기 위해서 전혀 표현을 하지 않았다. 그리고 집사람 모르게 신경외과에 들려 처방을 받아 약을 1주일 복용을 했는데 완쾌가 안 되어 5일치를 더 처방 받고 물리치료도 받은 적이 있다.

그렇다고 마라톤이라는 것을 그만 할 내가 아니다. 왜냐하면

난 20여 년 전부터 현재까지 신체적 변화를 겪으면서 나름대로 만족을 하고 건강관리를 하고 있기 때문이다. 친구들 앞에서 외형적 비교 대상인 신체적으로 보여주는 것만큼은 건강하게 보인다는 것이다. 물론 건강을 자신하는 것이 아니라고 내려오는 얘기는 있지만, 그래서 달리기를 통한 운동을 꾸준히 하고 싶은 의지가 강하게 느껴진다.

마라톤과 고민

욕심이겠지만 난 70살까지는 하프까지 달리고 싶은 게 내 진정한 마음이다. 그 이후는 10km 정도는 꾸준히 달리고 싶다. 그러기 위해서는 어떻게 해야 할 것인가 고민을 하지 않을 수 없다. 다음은 본인만의 운동 방법이다. 전문가도 아니고 단순 취미로 달리는 사람의 개인적 운동 방법이니 크게 고민할 내용도 아니지만 다음과 같은 고민을 해본다.

첫째, 연습을 어떻게 할 것인가 하는 고민이다. 마라톤 회원들 중에는 수요일 퇴근 후 부천종합운동장에서 부천시 육상코치 또는 Sub-3 경험자(Sub-3: 풀코스를 3시간 안에 들어오는 사람)의 도움을 받아 보조 운동을 한다. 하지만 난 여러 가지 여건상 맞지 않아 본인만의 계획을 세웠다. 최근 4개월 전 지난 3월부터는 주중 1번, 주말 1번, 일주일에 2번 이상 인천대공원 서문에서 부대 앞까지

12.5km 되는 거리를 달려보자고 자신과 약속을 하였다. 뿐만 아니라 근무하고 있는 대학 본교가 있는 홍성에서 주중에는 교수 숙소 앞 남산이라는 299m 높이의 나지막한 앞산이 있는데 운동을 할 수 있도록 조성을 잘 놓았다. 그 코스를 일반인은 1시간 20분 걸리는 거리를 본인은 50분에 왕복하기 위해 노력한다. 속도가 빠르지는 않지만 산에서 달리기는 폐활량도 좋지만 다리 근육을 단련하고자 하는 마음에서 나름 관리를 하고 있다.

둘째, 기록을 몇 분이라도 단축하고자 하는 마음이다. 처음 도전할 때는 부상 없는 완주가 목표이지만 주위에서 들리는 얘기를 들으며 시간 단축에 대한 얘기가 계속 들린다. 즉 얼마나 걸렸는지 질문도 받게 되는가 하면 나도 그들에게 시간에 대한 질문을 하기도 한다. 그러다 보니 누구나 마찬가지이겠지만 지난번 대회 기록보다 좀 더 단축하고자 하는 욕심은 동일하다고 하겠다. 그러기 위해서 체중을 줄여야 하나 아니면 훈련을 더 해야 하나를 고민하는 것이다. 모두 다 일리는 있지만 어느 하나도 쉬운 것은 없다는 것이 고민이다.

셋째, 대회가 있는 날만 되면 가장 신경 쓰이는 것 중 하나는 날씨가 아닌가 한다. 그래서 며칠 전부터 날씨에 관심을 갖지만 대회가 있는 날 만큼은 기상을 하자마자 하늘을 보며 외부기온을 확인하게 된다. 봄과 가을의 경우는 비만 내리지 않는다면 큰 문제는 없지만, 여름과 겨울의 경우는 기온에 민감할 수밖에 없다. 왜냐하면 날씨에 따라 준비물이 다르기 때문이다. 즉 더워도 고민, 추워도 고민이다.

넷째, 부상을 고민하지 않을 수 없다. 지금까지 대회 참가하면서 하프의 경우는 어느 하나 부상을 경험해 보지 않았다. 자신감보다는 평소 기본훈련을 하기 때문에 하프정도는 커버할 수 있다는 마음의 안정감 때문이 아닌가 한다. 물론 눈비가 내리는 경우는 부상 방지를 위한 정신집중으로 민감해진다. 그러므로 달리는 시간 내내 앞사람과의 간격, 주로(走路)의 이상 유무를 확인하며 달려야 한다. 그러나 풀코스의 경우는 장시간을 달리다 보니 무릎, 허리, 어깨, 종아리, 아킬레스 등 부상이 발생할 수 있다. 본인의 경우 여의도에서 출발해서 반환하는 32km 코스를 참가했을 때의 일이다. 25km 정도 지날 때 쯤 오른발 뒤꿈치, 즉 아킬레스가 조금씩 땡기기 시작하는데 몸을 이끌고 피니시라인은 통과를 했다. 이후 1개월 넘게 약복용과 물리치료를 받아야만 했다. 그렇다고 걸어 들어온다는 것은 용납이 되지 않아 느리지만 속보 보다는 빠른 걸음으로 도착을 했다. 이렇게 고통을 참으며 달리는 것이 건강하자고 하는 것인데 이것은 병인가 중독인가를 한참 고민했던 적이 있다. 마라톤을 하는 주위사람들 이야기를 들어보면 비슷한 부상을 항상 따라다니게 마련이라며 일반화 시킨다. 그러므로 자신의 체력한계 내에서 달려야 되지 않나 하는 고민을 한다.

마라톤 대회 참가하다

처음 대회 신청을 헬스클럽에서 지인의 통하여 정보를 얻고 단체로 신청을 한 후 1달이 지났을까 대회본부에서 제공하는 티셔츠와 배번호가 나왔다고 했다. 그러면서 나한테 비닐 봉투를 전해 주었었는데 배번호가 뭐지? 했다. 느낌은 오지만 한번도 직접 본 적이 없기 때문이다. 확인해 보니 가끔 TV에서 국제 마라톤 생중계를 하면 선수들이 가슴에 달고 뛰는 번호였던 것이다. 이것을 내가 가슴에 달고 뛰다니, 내가 선수가 되는 거야 생각하니 가슴이 설렜다. 그리고 봉투를 열어보니 단체 티셔츠, 배번호, 색다른 하나는 바코드가 그려 있는 택(tag)이었는데 운동화에 붙이는 거란다. 방법은 간단했다. 운동화 끝에 택의 한쪽 면에 떼어내어 스티커 형식으로 붙이면 되는 것이다. 참 신기하기도 했다. 내가 선수로 뛰다니 '히히히' 속으로 웃음이 나오기도 했지만 한 달 후에 기어이 결전의 시간이 다가왔다.

함께 신청한 헬스클럽 동료들과 전철을 타고 인천 문학경기장에 1시간 30분 이상 일찍 도착을 했다. 도착 전까지는 큰 의미를 두지 않았고 놀러가는 기분이었지만, 종합경기장은 처음이었는데 참가자들이 인산인해였다. 문학경기장 야구장에 가본 경험이 있지만 새로운 분위기에 살짝 흥분이 되기도 했다. 그리고 그 무리들 중 나도 하나의 일원이 된 것이다. 이것이 마라톤 대회에 처음으로 참가하게 된 계기가 되었다. 그 일행 중 한 사람이 "완주 후 무엇을 먹지?" 하는 사람도 있었는데 완주 후 들어오니 물, 빵, 완주메달, 바나나가 들어가 있는 비닐봉지를 하나씩 나누어 주었다. 일행 모두가 완주 후 우리는 소고기가 나오는 식당에서 맛나는 식사를 했다. 땀 흘린 후 식사는 정말 꿀맛이었는데 누군가 했던 말이 기억이 난다. "너가 이 맛을 알아?"

마라톤 클럽 입회

처음으로 가입한 마라톤 클럽, 즉 '부천두발로마라톤 클럽'이다. 이 클럽에 가입한 동기는 헬스클럽에서 함께 운동하던 이 클럽 회장을 알게 된 동기도 있지만 얼떨결에 가입을 하게 되었다. 그렇다고 처음부터 가입을 한 것을 아니며 훈련은 언제, 어디서, 무엇을, 어떻게 하는지 확인을 하고 나가게 되었다. 훈련은 매주 일요일하는데 메인 장소가 인천대공원이라는 거였다. 그곳에 가보니 놀래지 않을 수 없었는데 마라톤 클럽이 부천에만 6개 있다는 것이다. 더 놀라운 것은 인천대공원에서 훈련하는 마라톤 클럽 동우회가 10개 이상이 모여 몸을 풀고 있었다는 것이었다. 하지만 난 의심할 여지없이 지인이 아무도 없었기 때문에 부천두발로 회원과 함께 자리를 할 수밖에 없었다. 그러는 사이 몇 주가 지나고 회원들 얼굴도 익히고 하니 부담감이 없어지다 보니 자연스럽게 회원가입을 하게 되었다. 실은 그보다도 임미순이라는 구김 없이 착하게 생긴 뽀얀 여성이 나를 보자마자 회원님이라고 계속 부르는 거였다. 처음에는 그런가 보다 했는데 거절할 수 없어 회원가입을 한다 하고 연회비 10만원을 입금하니 바로 단체 티셔츠도 맞추어 주었다. 그걸 입고 보니 소속감도 생기고 의욕도 불타오르는 계기가 되었다.

이러는 사이 마라톤에 대한 정보를 얻을 수 있었다. 모임 주체가 마라톤이다 보니 얘기 주제가 모두가 마라톤과 관련된 얘기들이었다. 어느 대회는 일정이 언제고, 달릴 때 신는 운동화는 어느 브랜드가 적합하며, 운동복 또한 어떠한 소재가 좋고 등등 어깨 너머로 지식이 쌓여 가고 있었다. 그러면서 10km를 한번 더 뛰고 나니 나름 자신감도 생겼다. 20~30명 정도의 회원이 함께 훈련을 하니 새로웠다. 그 이후 지금까지 특별한 일이 없는 한 매주 참석하여 훈련 겸 운동을 하려고 노력하고 있다. 지금까지 하프와 풀을 합쳐 30회 이상을 출전하게 되었는데, 지속적인 운동을 통하여 심신을 단련하고자 함에 마라톤 클럽의 입회 목적이 있다고 하겠다.

마라톤과 관광

　그동안 마라톤이라는 운동에 재미를 붙여가는 중에 2017년 11월 26일 제주도 매일신문에서 주관하는 하프대회에 등록하기로 하였다. 제주도라는 신선하고 새로운 장소에서 개최하는 것이라 참가 결정을 하긴 했지만 접근하기 쉽지 않은 제주까지 비행기로 가서 1박만 하고 돌아오기는 매우 아깝다는 생각이 들었다. 그러다 보니 시간, 교통, 숙박 등 고민을 하지 않을 수 없었다. 최적의 방법은 금요일 일을 마치고 가서 토요일은 간단한 관광을 하되 음식은 과식을 하지 않고, 일요일 대회 참석 후 저녁 비행기로 상경하는 계획을 세웠다. 대회 참석이 제주행의 핵심이지만 제주에 간다는 생각만으로도 날아가는 기분이었다. 그래서 사전 렌트카 예약, 숙소 예약, 관광지 확인, 제주에서의 먹거리 검색 그리고 제주도에서 근무하고 있는 지인과의 약속을 하다 보니 비즈니스로 제주를 간 사람보다 더 바쁜 스케줄이 잡혔다. 어떻게 생각하면 원거리에서 개최하는 마라톤대회 참가는 우승을 바라보고 참석하지 않는 것이므로 지역관광을 곁들이면 좋다는 생각이 들었다. 일부러 계획을 세워 놀러도 가는데 본인이 좋아하는 마라톤대회도 참석하고, 개최지역 관광, 먹거리 체험이 바로 힐링 관광이 아닌가 싶었다. 제주도 마라톤 참가 후 돌이켜보니 그동안 수십 번의 마라톤 대회를 참가했던 어느 곳보다도 기억에 남는 것은 제주 마라톤 관광이었다.

글을 마치며

이 글을 작성하면서 많은 생각을 하게 많은 생각을 하게 되었는데, 결론을 두 가지 측면으로 정리하고자 한다. 첫째, 마라톤을 통하여 심신이 건강과 직결되어야 한다는 것이다. 신체적 건강으로 시간을 단축한들 생각하는 마음이 쇠퇴하고 부정적이라면 마라톤이라고 하는 힘든 역경을 이겨내는 데 큰 의미가 없다고 생각된다. 따라서 본인의 이 마라톤이라는 주제가 내 생활의 전환점이 되기 바라고 마라톤을 즐기는 심신이 건강한 사람들과 함께 함이 인생의 즐거움이 아닌가 한다. '부천두발로마라톤' 클럽 회원분들과 마라톤이라는 구심점으로 인연을 이어 가고 싶은 심정이다.

둘째, 경제적인 측면에서 생각하고자 한다. 마라톤 대회 참가자들은 대회 참가를 결정할 때 다양한 요인이 있지만 거주지에서 출발장소에 접근하기 쉬운 곳으로 정하는 경우도 있다. 하지만 우리나라의 근로기준법에는 2004년 7월 1일부터 공기업, 금융 및 1,000명 이상의 사업장을 시작으로 2007년 7월부터는 50인 이상, 현재는 20인 이하도 주 5일제를 시작하게 되어 있다. 최근 들어 근로자는 최대 주 52시간 근무를 하는 것으로 법으로 제정되다 보니 모든 근로자가 동의할 수는 없지만, 휴가 일수가 증가한 것은 사실이다. 이상과 같은 근무 환경을 마라톤이라는 운동과 취미의 개념으로 해석하고, 지역축제 더 나아가 지역관광 활성화를 주제로 한 지자체에서 하나의 사업으로도 구성할 수 있겠다는 생각했다. 즉, 지역관광 소재를 마라톤과 접목시켜 스토리를 발굴하는 것이다. 마라톤대회를 토요일에 9시에 개최한다면 3시 정도면 끝나게 되고, 그 이후 지역에서 당일 또는 1박 2일 관광을 할 수 있는 패키지를 만든다면 지방의 경우 먹거리, 특산품, 숙박 등 관광소재 발굴 및 콘텐츠 사업화 지원을 함으로써 지역 경제 활성화에도 상관관계가 있을 것으로 예측할 수 있다.

나의 달리기 마카롱~~!

안호순

#1

마라톤!

마라톤을 시작하는 목적은 모든 사람이 다르다. 어떤 사람은 체력 증진과 몸매 관리 등 육체적 건강을 위해 시작한다면, 어떤 사람은 사람과의 친교와 스트레스 해소 등 정신적 건강을 위해 시작하기도 한다.

나는 심신이 힘들고 복잡할 때 우연히 달리기를 접하였다. 한두 번 하다 보니 서서히 빠져들어 달리면서 사색하고 인생을 반추한다. 완주 후에는 제법 일상의 삶을 관조하기도 하고 여유도 부려본다. 마라톤은 이렇게 하루하루를 사는 데 많은 도움이 된다고 나는 확신한다.

마라톤을 만난 후에 많은 사람과 인연을 맺었다. 각기 다른 사람, 색색이 특별한 사람들을 만났다. 나는 그저 평범한 사람이다. 나는 그냥 달리기를 즐긴다. 처음 뵙는 사람들과 친분이 되면 되고 안 되면 도리가 없다. 나는 달리기를 통해 세상사에 자연스럽게 접한다. 마라톤은 성찰의 기회는 물론 육체적, 정신적 건강에 보탬이 된다.

바로 동호회이다. 동호회원들과 그렇게 훈련을 하고 각종 대회에서 주로에서 '화이팅!'을 외치고 격려하고 뒤풀이에 웃고 떠들며 함께 뛴다. 이러다보니 무언의 참살이 행복 파라다이스는 절절히 몸에 와 닿는다. 이는 일상을 만끽함이다.

이 글을 읽는 여러분들에게 묻고 싶습니다.

"여러분은 이러한 동호회원들이 있으신지요."

#2

잠시 내 가슴에 잘 여며 둔 인천대공원의 지난 날 기억을 꺼내본다. 기억의 봉인을 풀고 들어가니, 그곳엔 굽이친 그 주로가 있다. 4계절 색색이 기억 속에 봄, 여름, 가을, 겨울이 차곡차곡 내 맘속에 아름다운 추억으로 저장되어 있다. 우리 동호회원은 일요일 여명도 트기 전 새벽에 모인다. 달려야 한다는 마음의 즐거움에

심취한다. 봄, 여름, 가을, 겨울, 계절에 따라 주로도 환경도 다르다. 습관인지 중독인지 그렇게 이 주로에서 훈련을 즐겼다. 또는 각종 대회에 참가하여 가슴에 '부천두발로'와 '배번'을 가슴에 달고 달림이들 속에서 뛰었다. 때론 가로수조차 뜨겁고 아스팔트는 얼음장처럼 차가웠다. 헛 둘!~하나 둘! 4년이란 세월을 나는 이렇게 '부천두발로'와 함께 했다.

풀코스를 달리다 보면 많은 생각에 잠기고 해결책이나 새로운 의지가 솟기도 한다. 때론 거부하기 힘든 생각들, 숨이 턱까지 차오를 때면 호흡조차 없는 듯하다. 그러나 마른 벌판 들불처럼 무서운 기세로 번지는 것은 바로 행복이다. 나를 가만히 두지 않는 이 행복은 중독이든 습관이든지, 바로 마라톤을 하기에 느낀다.

마라톤은 준비와 노력, 절제와 겸손, 자신을 알고 믿는 과정, 극한을 감내할 줄 알아야 한다. 이것이 마라톤을 즐길 줄 아는 진정한 마스터스이다. 마라톤은 우리 인생과 유사하다. 장거리 경주이기 때문이다. 장거리 운동에 리듬이 있어야 한다. 긴 호흡을 하자면 짧은 호흡도 해야 한다. 그것은 조화이다. 달리기에는 이렇게 조화로움이 있다. 이것은 즐거움으로 이어지고 내 일상의 질을 풍요롭게 한다.

마라톤이란 개인 기록운동이지만 숨소리와 발소리가 동반한다.

물론 이런 동반은 주자에 의해 완성되지만 협주가 필요하다. 인생사도 마찬가지 혼자 덩그러니 사는 것 같지만 사회의 일원으로서 협주를 만들어 내야 한다. 그 마라톤의 협주를 나는 '달콤한 (마카롱) 환희의 길'이라 부르고 싶다.

나의 버킷리스트에는 '마라톤 Sub-3'가 담겨져 있다. 두발로 회원님들과 함께 뛰고 있는 한 그것은 현재진행형이다. 그 길, '달콤한(마카롱) 환희의 길'을 항상 함께하고 싶다.

비록 이 길이 완성이 아닌 미완일지라도.

언제나 두발로!
건강한 삶, 행복한 마라톤을 하며…

나의 마라톤 이야기

서성근

#1. 달리기의 시작

"이 정도 수치면 약 드시고, 운동하셔야 합니다. 안 그러면 큰일 납니다."

2013년 6월 회사를 이직하면서 받은 건강검진 결과이다. 의사로부터 고지혈증 수치가 너무 높게 나와 지속적으로 약을 복용하고 운동을 병행해야 한다고 진단을 받았다. 그동안 IT업종의 직장 생활하면서 계속되는 프로젝트로 인한 야근과 술자리에 찌들어 운동이라고는 해본 적이 없었는데 건강검진 결과를 받아들고 나서야 운동을 해 보겠다고 마음을 먹었다.

그날 저녁부터 나의 달리기는 시작되었다. 매일 퇴근이 늦은 편이었지만 늦게 들어오더라도 운동은 쉬지 말아야겠다는 결심으로 처음에는 집 앞의 공원을 찾았다. 약간 경사진 언덕을 가진 공원은 한 바퀴가 500m 정도였고, 언덕과 내리막이 반반씩 있어서 처음에는 걷는 것 위주로 운동을 하다가 나중에는 오르막은 가볍게 뛰고, 내리막은 빠른 걸음으로 걸어 내려가는 방식으로 운동을 했다.

저녁 운동에 무조건 10바퀴를 돌고서야 집에 들어왔다. 그렇게 몇 개월을 공원에서 달리기를 했으나 날씨가 추워지자 밤에 공원에 나가는 일이 어려워졌다. 어렵사리 시작한 운동을 추위로 인해 다시 게을러질까 봐 걱정이 되었다.

다행히도 집 앞에 소사국민체육센터라는 좋은 체육시설이 있었다. 체육센터가 세워진 지 10년도 넘었지만 수영장만 몇 번 가봤지 다른 체육시설은 이용해 본 적이 없었다. 추위로 인해 야외 운동이 어려워진 나는 체육센터에 헬스 회원으로 등록했다. 출퇴근 시간의 제약으로 퇴근 이후 운동하는 것이 어려워 과감히 아침잠을 포기하기로 했다. 체육센터가 오픈하는 5시 40분에 맞춰서 거의 하루도 빠짐없이 운동을 했다. 시간이 많지 않아 긴 시간 운동을 하지는 못했지만 런닝머신과 부족한 근력을 보강하기 위해서 웨이트도 병행해서 진행했다. 런닝머신을 오래 뛰지는 못했지만 차츰 거리를 늘려갈 수 있었고 조금씩 뛰는 것에도 익숙해짐을 느꼈다.

하지만 이때까지도 나는 가볍게 런닝을 할 뿐이지 마라톤은 선수들이나 일부 특출난 사람만 뛰는 것이라 생각했다. 그렇게 마라톤은 나에게는 먼 나라 이야기였다.

#2. 마라톤에 입문하다

지금도 나와 같은 동호회에서 활동을 하고 있는 내 동생은 운동에 관심이 많았다. 조기축구동호회에도 가입해서 활동을 했었고, 자전거도 장비를 마련하여 꾸준하게 타는 편이었다. 동생은 내가 운동을 시작할 때 마라톤클럽에 막 가입해서 달리기를 시작했다. 동생은 시간이 지나면서 10km, Half, Full 코스 마라톤을 차례로 출전한다고 했을 때 정말 그 거리를 네가 뛸 수 있냐며 반문하고 놀라곤 했다. 평생을 보아 왔지만 내 동생이 저렇게 끈기 있고 저런 운동을 할 수 있다는 것에 경외심마저 들 정도였다. 나하고는 다른 세상의 사람으로 보였다.

그러던 중 2014년 10월26일, 나이키 위런 서울 대회에 마라톤 동호회 활동을 하고 있던 동생, 동생친구와 함께 10km에 참가하기로 했다. 한 번도 10km라는 거리를 뛰어본 적이 없었지만 걷더라도 완주하자는 생각으로 참가신청을 했다. 대회 날 출발장소인 광화문광장에 가보니 수많은 인원들이 형광색 대회 T-Shirts를 입고 있는데 왠지 모르게 가슴이 벅차올랐다.

얼핏 보아도 우리 세 사람보다 나이가 많은 참가자는 극히 적은 것으로 보였지만 젊음의 열기가 충만하여 그 기(氣)를 온몸으로 흡수한다는 착각이 들 정도로 열기가 대단했다.

출발신호가 울리고 10km라는 거리를 어떻게 뛰었는지 모르게 뛰었다. 심장이 터질 것 같았지만 골인지점이 보이자 나도 모르게 전력질주를 했다. 배번호 22009번, 52분 38초! 그렇게 첫 번째 대회를 완주했다.

골인지점에 들어오기 전 하프코스로 갈라지는 하프 주자들을 보면서 새삼 대단해 보였다. 나이도 어린 젊은 친구들이 하프마라톤을 뛴다는 것에 자격지심마저 느껴졌다. 첫 대회를 완주했다는 기쁨과 함께 젊음의 열기가 그 동한 무기력했던 생활에 에너지를 충전해 주는 느낌이었다.

그 느낌을 세 사람이 뒤풀이를 하면서 이야기하고 또 이야기했었던 첫 대회 출전의 경험을 아직도 잊지 못할 것 같다. 이 대회를 계기로 운동을 좀 더 열심히 해야겠다고 마음먹고 동생이 가입해 있던 동호회에 나가서 같이 훈련을 하기로 했다. 그 동호회가 지금의 내가 속해 있는 부천두발로마라톤 클럽이다.

대학생활 때와는 틀리게 직장생활하면서는 한 번도 동호회나 회사모임 등 사교적인 만남을 가져본 적이 없었다. 부천두발로에 와서도 처음에 몇 달간은 정식으로 가입도 안 하고 같이 운동만 하고 아침식사도 함께 하지 않고 귀가하는 경우가 많았다. 열심히 훈련에는 참석했지만 어정쩡한 상태로 몇 달간을 동호회에서 지내왔었다. 그때까지만 해도 동호회 선배님들은 내가 오래하지 못하고 그만두겠거니 생각했었다고 한다.

2015년 9월 13일, 제9회 동대문마라톤에 아무도 모르게 홀로 등록을 했다. 생전 처음으로 하프마라톤에 도전을 해보기로 한 것이다.

매주 인천대공원 훈련을 하면서 12.5km씩을 뛰다보니 어느 순간 나도 모르게 한 8~9km만 더 뛰면 하프마라톤 뛸 수 있겠다는 생각이 들었다. '죽기 아니면 까무러치기지'라는 생각으로 하프코스를 등록하고 대회 당일 비장한 마음가짐으로 대회장으로 향했다. 여름의 끝이 아직 남아 있었다. 대회 당일은 유난히도 구름 한 점 없이 날이 맑고 무척이나 더웠다. 출발하고 나서 하프 반환점까지는 어렵지 않았다. 하지만 누구나 그러하듯이 하프는 15km 이후에 고통이 시작되기 시작한다. 다리는 점점 무거워지고 갈증은 갈수록 심해지고 심장은 터질 듯했다. 완주만 하자는 생각으로 버티고 버텨내며 골인지점을 1km 미만 앞두고 도저히 뛸 수가 없었다.

완주과정에서 걷지만 말자는 목표로 왔는데 골인지점을 앞두고 걸을 수밖에 없었다. 잠깐을 걷고 있는데 지나쳐가는 달리미의 한마디가 나를 다시 뛰게 했다.

"골인지점 다 왔는데 포기하지 마요. 다 왔습니다. 천천히라도 뛰세요."

'그래 다 왔으니 쓰러지더라도 들어가서 쓰러지자.' 지친 다리를 이끌고 다시 뛰기 시작했다. 골인지점을 통과했다. 배번호 2111번 1시간 53분 40초 68!

그렇게 첫 하프마라톤을 완주했다. 일반적으로 하프코스부터를 마라톤이라고 한다고 한다. 드디어 나도 마라톤에 입문을 한 것이다. 돌아오는 전철에 앉아서 얼마나 옆 사람 어깨에 머리를 떨궈가며 졸았는지 모르겠다. 집에 돌아와 샤워를 하다 보니 가슴이 온통 땀띠로 뒤덮여 있었다. 그제야 내가 하프마라톤을 완주했음을 실감할 수 있었다.

#3. 가을의 전설

첫 번째 하프마라톤 완주 이후 12번의 하프마라톤에 참가를 하였다. 하프까지는 어느 정도 연습하면 누구라도 뛸 수 있을 거라는 생각이 들었다. 하지만 풀코스 마라톤은 전혀 다른 이야기였다. 하프코스를 완주한 힘든 몸을 이끌고 다시 하프마라톤 거리만큼을 뛴다는 것은 또 다른 차원의 이야기로 보였고, 정말 운동에 소질이 있거나 선수들만 가능한 이야기라고 생각했다. 3월에 열린 동아마라톤은 그래서 동호회 참가자들의 도우미로 25km 지점에서 응원하다가 팔을 다쳐 깁스를 하고서도 풀코스에 도전하신 선배님의 페이스메이커를 해 드렸다.

여름이 지나고 가을이 다가오면서 동호회에서도 춘천마라톤에 참가접수를 하기 시작했다. 12번의 하프를 뛰면서 '언젠가 한 번쯤은 도전해 봐야지'라는 생각은 있었지만 이번은 아니라고 망설이던 나에게 선배님들은 "그 정도면 완주할 수 있다."고 설득하기 시작했다.

"가을의 전설은 한 번 뛰어봐야지?"

"춘천 호반의 경치 때문에 힘든 것도 몰라."

나는 이 달콤한 유혹에 참가를 하였다. 지금도 생각하지만 춘천마라톤의 '가을의 전설'이라는 캐치프레이즈는 정말 잘 만든 단어인 것 같다. 누구라도 가을의 전설이 한 번은 되어 보고 싶기에 그 말에 나 또한 덜컥 접수를 하고 말았다.

2016년 10월 23일 춘천마라톤 참가를 위해 새벽같이 일어나 준비를 했다. 어찌나 긴장을 했던지 머리를 감다가 다리에 쥐가 나고 말았다. 달리기를 한 것도 아니고 머리를 감다가 쥐가 나다니? 얼마나 긴장을 하고 있는 건지 헛웃음이 다 나왔다. 대회 당일 아침 다리에 쥐까지 나 버렸으니 완주나 할 수 있을까? 걱정이 앞서기 시작했다.

대회장으로 향하는 단체버스에 올라 다리에 쥐가 났던 이야기를 하니 선배님 한 분이 수지침을 놓아주고 다리를 주물러 주며 통증을 풀어주셨다. 고마운 마음을 이루어 다 표현할 수 없었다. 대회장에 도착해서도 쥐가 난 다리는 여전히 뻐근했다. 그래도 수많은 달림이들과 함께 있으니 더욱 긴장되어 다리의 통증이 덜 느껴졌던 것 같았다.

약간은 흐린 날씨에 춘천마라톤 출발이 시작되었다. 첫 풀코스 참가라 나는 제일 마지막 조에 편성되었다. 마지막조의 참가자들은 대부분 첫 풀코스 참가자이거나 늦은 기록의 참가자라 그런지 대부분 얼굴에 긴장감과 설렘이 서리어 있었다. 가뜩이나 첫 출전인데 마지막조라 출발까지 기다리는 시간 또한 아주 길게 느껴졌다.

출발 총소리가 울리고 너무나도 많은 참가자들 사이로 달리기가 어려울 정도였다. 빨리 뛸 수도 없었지만 앞으로 나아갈 수도 없었다. 나 말고도 동호회에 첫 출전하신 선배님이 비슷한 페이스여서 25km 이상을 같이 뛰었다. 춘천마라톤 구간에서 제일 힘들다는 춘천댐 올라가는 완만한 오르막이 너무도 길어보였다. 걷지만 말자는 생각으로 우격다짐 끝에 춘천댐을 올랐다.

춘천댐에서 내려오는 구간은 내리막길이 많아서 쉬울 줄 알았다. 하지만 32km 지점을 지나자마자 다리에 쥐가 나기 시작했다. 아무리 파스를 뿌리고, 다리를 주물러도 쉽게 나아지지가 않았다. 주로 옆에 세워져 있는 회송버스를 보면서 '탈까 말까'를 많이 망설였다. 아무도 버스에 오르지 않았고 나도 그랬다. 나는 달리미들의 무리에 섞여 골인 지점을 향해 나아갔다.

후반부 들어서 비가 내리기 시작했다. 10월의 서늘한 날씨에 비까지 내려 다른 사람들은 추웠다고 했지만 첫 풀코스 도전으로 긴장한 나머지 나는 전혀 추운 것을 몰랐다. 오히려 비가 몸의 열을 식혀주어 더 뛰는데 도움이 되었던 것 같다.

소양교를 지나자 마지막 2km 정도가 남았다. 뛰는지 걷는지 모르게 2km를 지나왔다. 마지막 골인 지점이 보이고 나를 비롯한 수많은 사람들이 완주를 하기 위해 마지막 남은 힘을 짜내고 있었다. 드디어 두 손을 번쩍 들고 골인지점을 들어오는데 나도 모르게 눈물이 왈칵 쏟아졌다.

'아! 이 먼 거리를 내가 완주를 했다니…정말 장하다!'

얼굴에 흘러내리는 것이 눈물인지 빗물인지 모르는 채로 완주 메달을 받아 목에 걸었다. 배번호 10019번 4시간 22분 36초! 이렇게 내 첫 번째 풀코스 마라톤은 완주였다.

춘천에서 돌아오는 길은 완주의 성취감에 힘든 줄 몰랐었던 것 같다. 나는 나의 첫 번째 '가을의 전설'을 완성했다.

#4. 달리기와 소통

처음 부천두발로에 가입했을 때만 해도 회원들이 많지 않았다. 2003년부터 시작해서 꽤 오래되었음에도 불구하고 많은 사람이 들어왔다 나가고 지금은 훈련에 나오지 않는 회원들도 많은 편이었다. 이때만 해도 전체 회원은 20명 정도 실제 훈련에 참가하는 인원은 10명 내외였던 것 같다. 봄, 가을에는 그나마 몇 사람 나오지만 더운 여름이나 추운 겨울에는 2~3명이 훈련을 할 때도 많았다. 이대로라면 동호회의 명맥유지도 어려울 것 같았다.

동호회에 정식 가입하고 나서 1년 후 2016년 겨울에 훈련대장이 되었다. 잘 뛰어서가 아니라 그나마 훈련에 열심히 나오는 모습에 회장님께서 훈련대장을 하라고 맡기신 것 같았다. 동호회에 와서도 어정쩡하게 활동했던 내가 훈련대장을 맡다니 아이러니했다.

운영진이 되고 나서 가장 처음에 한 일은 동호회를 많을 사람들이 찾을 수 있어야겠다고 생각했다. 개설되어 있던 다음(Daum)카페는 사실상 관리가 안 되고 모바일 시대의 흐름에 맞춰서 밴드(Band)로 소통 창구를 통일하기로 했다. 개설은 되어 있었지만 회원들조차 잘 들어오지 않고 글도 올리지 않던 밴드를 우선 누구라도 검색하고 글을 읽어볼 수 있도록 개방형으로 전환했다. 신규회원들이 가입할 때마다 환영인사를 하고 연락처를 남겨 언제든

원할 때 훈련에 나오도록 안내를 했고, 훈련에 나온 회원들에게 처음 몇 번은 같이 뛰어주며 달리는 것이 익숙해지도록 여러 이야기들을 해 줬다. 모든 회원들을 다 챙길 수는 없었기에 다른 회원들의 도움이 있었음은 두말할 나위 없다. 많이 표현하지 못했지만 항상 고맙게 생각하고 있다.

개설된 밴드에 꾸준히 정기훈련 및 대회참가 소식과 사진을 올렸다. 누가 보더라도 동호회가 활발하게 운영되고 있음을 알리고자 하는 노력이었다. 그 덕분인지 밴드를 통해서나 같이 노력해 준 회장님, 총무님 이하 선후배님들 덕분에 급격하게 회원들이 증가하였다. 어느 집단이든 처음 그 집단에 들어오는 사람은 서먹서먹하고 사람을 사귀는 것이 쉽지 않게 마련이다.

집단 안에 있는 사람도 똑같은 과정을 겪었을 텐데 지나고 나면 익숙해짐에 잊어버리게 되어 자신이 들어왔을 때의 감정을 상대방이 느끼지 않도록 하려는 배려가 적은 편이다. 신규 회원이 왔을 때 환영의 인사말 한마디에 그 사람이 동호회에 느끼는 감정은 틀려질 것이다. 또한, 주로를 뛰면서 상대방과 페이스를 맞춰 교감하고 이야기를 나누는 과정에서도 회원 간의 유대감이 증가할 것이다.

말 한마디가 가지는 힘은 상당히 크다. 올 곧게 닫혔던 마음도 말 한마디에 누그러지거나 의도치 않은 가벼운 말 한마디가 상대에게 상처를 주기도 한다. 그래서 말을 전달함에 있어서의 Tone & Manner가 매우 중요하다고 생각한다. 소통은 우리가 살아가는 삶에 있어서 윤활유와 같은 존재이다. 굳이 이야기하지 않더라도 사람은 사회적 동물이고, 동호회 또한 사회적인 관계를 맺고 사는 공간으로 서로에 대한 소통과 배려는 함께 달리는 길을 더욱 즐겁게 할 것이라고 생각한다.

회원들이 많아지면서 모든 사람과 친밀하게 관계를 맺을 수는 없겠지만 최소한 상대방을 알려는 노력이 필요할 것 같다. 저 회원이 누구인지 회원의 이름은 알고 있는지 다시 한 번 돌아보고 알고자 하는 노력을 해봤으면 한다. 모든 사람이 자신의 이야기와 글에는 관심이 있어도 다른 사람의 이야기와 글에는 필요한 내용과 상황이 아니면 귀를 기울이지 않는 경향이 있다.

상대방이 나의 이야기에 관심을 가졌으면 하는 만큼 상대방의 이야기에도 관심을 가져보자. 주로(走路)의 동료와 소통이 없다면 먼 거리의 마라톤이 얼마나 홀로 외롭고 적막할 것인가? 마라톤은 홀로 뛰는 운동이지만 주로에서도 혼자는 아니다. 서로 조금만 배려하고 소통한다면 그것이 시너지가 되어 더욱 즐거운 동호회 활동이 되지 않을까 생각한다.

#5. 언제나 부천두발로

'동호회(同好會): 취미나 기호를 같이하는 사람들의 모임을 일컫는 용어'.

우리가 마라톤동호회에 들어온 이유는 개인마다 다양하다. 누군가는 살을 빼기 위해서, 누군가는 도전해보고 싶어서 또 누군가는 무료한 삶의 에너지를 다른데 써보고 싶어서 등 다양하다. 하지만, 마라톤 동호회에 들어와 운동하면서 바뀌는 한 가지가 있다. 누군가는 기록에 대한 욕심도 있겠지만 모든 이가 공감하는 한 가지는 달리는 그 자체가 즐겁다는 것이다.

마라톤을 하기 전에는 주말 아침에 일찍 일어나는 일은 상상도 못했고, 일요일에 뛰기 위해서 전날의 술자리와 약속을 피하는 일이 없으리라. 나 또한 그랬다. 하지만 이제는 한 주를 뛰지 않게 되면 뭔가를 빼먹고 건너 뛴 것 같은 찜찜함을 한 주 동안 달고 살아야 한다.

달리는 동안만큼은 힘들었던 일들이 모두 잊히고 뛰고 나면 스트레스가 풀리는 기적(?)을 맛보게 된다. 마라톤을 하는 사람들 중에 사기꾼은 없다고 한다. 믿거나 말거나지만 사기꾼은 결과를 만들기 위해서 그 먼 거리를 같이 뛰며 노력할 사람이 없기 때문이라고 한다.

마라톤은 먼 거리를 함께 뛰며 호흡해야 하기 때문에 완주한 동료에 대한 공감대 형성과 경외심이 대단하다. 내가 직접 뛰지 않았어도 풀코스를 뛴 주자의 완주에 박수를 쳐주며 감동하는 경험은 뛰어본 사람이 아니면 알 수 없다. 여느 동호회에 활동하는 사람들의 생각도 그러하겠지만 나 또한 부천두발로에 들어와서 만나본 동호회 선후배들은 항상 최고라고 생각한다.

지역을 기반으로 한 동호회 치고는 젊은 층과 여성회원의 비율이 많은 것 또한 부천두발로의 자랑이다.

'달리는 것을 좋아하는 사람들의 모임 부천두발로!'

앞으로도 많은 회원들이 들어오고, 운영진도 바뀌어 또 다른

동아마라톤에서 잠실대교를 건너며…

방식과 또 다른 세대와 달리기를 함께 하겠지만 부천두발로의 자랑인 달리는 자체에 대한 즐거움과 서로에 대한 소통과 배려를 잃지 않았으면 좋겠다. 나 또한 오랜 세월 부천두발로와 함께 하겠지만 오래오래 지속될 수 있는 부천의 대표적인 마라톤 동호회가 되었으면 하는 기원으로 나의 마라톤 이야기를 마칠까 한다.

"언제나 부천두발로!!!"

쉬지 말고 뛰어라

이승훈

　내가 처음 뛰기 시작한 건 2002년 10월경부터다. 생산직종에서 일하는 나는 2000년 5월경 작업 도중 크게 다치게 되었고, 6번의 큰 수술 후 2002년 9월까지 기나긴 병원 생활을 하게 되었다. 나는 퇴원 후 다시 현장에 돌아가 일을 하려고 마음먹었으나 일이 뜻대로 되지 않아 회사를 퇴직하게 되었다. 그렇게 집에서 쉬게 된 참에 우연히 밤에 동네 학교 운동장에 나가 보았는데, 늦은 시간임에도 불구하고 운동하는 사람들이 많은 것을 보고 자극받아 나도 그들과 함께 운동장을 몇 바퀴 돌다 보니 천천히 뛸 수 있게 되었다.

　딱히 할 일이 없어 밤에는 나도 모르게 운동장으로 향하게 됐고,

한 바퀴 두 바퀴 뛰다 보니 어느새 50바퀴 이상을 뛰게 되었다. 동네 운동장에서만 뛰다 보니 나는 조금 더 큰 곳에서 뛰어보고 싶었고, 부천체육관과 부천종합운동장을 오가며 뛰게 되었다. 그러자 뛰는 것에 자신감이 생기기 시작했다. 부천중앙공원도 16바퀴 이상, 많게는 26바퀴를 일주일에 세 번씩 뛰었던 것 같다.

그러던 중 2004년 11월경에 지금은 원로이신 박현덕 씨를 만나게 됐고(그 당시 박현덕 씨는 중동 두발로 회장이었고 김정호 씨가 총무 직함을 맡은 것으로 기억난다), 박현덕 씨의 제안으로 2005년 1월 정식으로 중동 두발로의 회원이 되었다. 내가 중동 두발로의 회원이 된 당시만 해도 회원 수가 15명 정도로 많지는 않았지만, 그때 두발로의 회원들은 지금 생각해봐도 열정이 정말 대단했던 것 같다. 매주 수요일과 일요일은 열외 없이 인천대공원에서 2~3바퀴를 뛰었고, 혹한기 때는 중앙공원에서 운동했다. 그때는 열정이 넘쳐서 운동 전날에는 운동 생각에 잠을 못 이룰 때가 많았는데, 그 당시에 나는 각종 대회나 부천시 육상연맹에서 주최하는 행사를 거의 빠지지 않고 뛰었던 것 같다.

처음 출전한 2007년 동아마라톤 풀코스에서는 3시간 50분에 뛰었고, 2008년 인천국제마라톤 대회에서는 하프코스를 1시간 38분에 뛰었다. 2009년 MBC에서 주최한 한강 대회 때는 1시간 30분이라는 기록도 세우게 되었다. 계속해서 42.195km 기록이 3시간

40분까지 단축되자 욕심이 욕심을 낳는다고 3시간 30분 기록을 목표로 한 2013년 동아마라톤 대회를 앞두고 너무 무리한 나머지 왼쪽 연골이 파열되는 끔찍한 일을 겪게 되어 걷기조차 힘들게 되었다.

병원과 집을 자주 왕래했고 끝내는 2015~2017년까지 무릎 수술로 마라톤을 쉬게 되었으나 재활에 노력한 덕분으로 2017년부터 다시 뛸 수 있게 되었지만 대회는 더는 나가지 못하게 됐다. 하지만 주말에 회원님들과 운동할 기회가 있다는 것만으로도 너무나 행복하다. 현재는 부천두발로(대외적인 지역 명칭을 고려하여 '중동 두발로'를 '부천두발로'로 개칭하였다) 회원 수가 늘어서 너무

너무 좋고 마라톤 벗들과 함께 하니 정말 행복하다.

　내가 마라톤을 약 15년 정도 하면서 느낀 결론은 마라톤은 멈추지 않고 꾸준히 뛰는 운동이라는 것이다. 모든 운동은 하다 보면 힘들 때도 있고 쉬어가는 때도 있지만, 마라톤만큼은 천천히 뛰어도 힘들고 빠르게 뛰어도 힘들다. 하지만 멈추지 않고 꾸준히 뛰다 보면 반드시 원하는 성과를 얻을 수 있다고 생각한다.

나의 마라톤을 말한다

서현근

하프 1시간 48분의 계산법

오늘은 춘천마라톤이 열리는 날이다.

동호회 멤버들과 함께 셔틀버스를 타고 춘천으로 간다. 어젯밤, 컨디션 조절을 위해서 일찍 자려고 했지만, 평소와 다르게 이상하리만큼 잠이 쉬이 들지 않았다. 잠이 설들었다가 깨기를 반복하다가 결국 알람이 울리기 전에 일어나서 춘천 갈 준비를 시작했다.

물을 한 컵 마시고, 용변을 해결하기 위해서 화장실을 들렸지만 역시나 너무 이른 시간이라 전혀 기별이 없었다. 참고로, 마라톤을 하는 사람들 대부분이 달리는 동안 밀려오는 배변감에 적당한 장소를 못 찾아서 마음고생을 한 경험이 있다. 그래서 마라톤이 열리는 대회장에 가보면 화장실 앞에 길게 늘어선 줄을 쉽게 찾아볼 수 있다.

아무튼, 그렇게 집을 나서 동호회 회원들을 만나기로 한 부천시청 앞으로 향했다. 춘천마라톤에 참가하는 10여 명의 회원들이 앞서거니 뒤서거니 도착을 해서 서로 간 안부를 묻는다. 처녀 출전을 하는 나와 친구를 제외한 모든 분들은 여러 번의 풀코스 경험이 있어서 인지 전혀 긴장감을 찾을 수 없었다.

그렇게 출발한 버스에서 일부는 눈을 감고 잠을 청했고, 일부는 이런저런 달리기 얘기를 하면서 갔다. 나는 약간의 두려움과 긴장감 속에서 잠을 잘 시도도 하지 못했고, 선배들이 하는 얘기를 들으며 어스름한 창밖만 보았다.

6시가 넘어서 김밥을 한 줄 먹었다. 일반적으로 달리기 2~3시간 전에 식사를 하는 것이 권장된다. 식욕은 없지만, 달리는 동안 배고픔이라도 면하기 위해서 억지로 먹어 둔다. 달리기를 하다 보면 3만 가지의 뛰지 못하는 이유가 생각난다고 한다. 허기도 이중의 한 가지가 될 수 있다.

물론, 서두에서도 말한 용변은 더욱 중요하다. 가평휴게소에서 화장실도 들리고, 최후의 전열을 가다듬는다. 이제부터는 30분이면 '가을의 전설'로 불리는 춘천마라톤 장소 공지천에 도착한다. 휴게소를 출발하자 모두들 잠에서 깨어 이런 저런 무용담과 기대감을 나눈다.

그때 갑자기 한 선배가 물었다.

"현근 씨! 하프 기록이 얼마야?"

그동안 나는 하프마라톤을 약 10번쯤 뛰었다. 1시간 48분이 최고 기록이다. 그 선배 왈 "그럼 풀은 한 4시간 30분 걸리겠네." 하신다. 난 "완주할 수 있을지 걱정이에요."라 대답했지만, 속으로는 계산을 해본다. '1시간 48분 곱하기 2는 =<4시간, 충분히 4시간 안으로 들어올 수 있는데……' 마라톤을 해본 사람들은 안다. 이러한 단순 곱셈이 얼마나 의미 없는 계산법이라는 것을. 그러나 그때는 알 수 없었다.

춘천에 도착하고, 버스를 내려서 행사장으로 갔다. 3대 메이저 대회(JTBC 서울국제마라톤대회, 동아일보 서울국제마라톤대회, 조선일보 춘천마라톤대회) 중 하나인 만큼 정말로 행사장이 가까워질수록 말 그대로 인산인해다. 이날 대회에는 약 18,000여 명의 마라토너들이 출전하였다. 옷가방을 맡기기 전에 동호회 회원들과 마지막 출정 사진을 찍었다. 힘차게 "파이팅!!!!"을 외치고 각자가 속한 조별 대기 장소로 향했다.

나와 친구는 첫 출전이기에 제일 마지막 H조에서 대기했다. 9시가 되자 출발 총성과 함께, A조가 출발을 했다. 약 5분 간격으로 다음 조들이 출발을 하였다. 드디어 우리가 속한 H조가 출발

총성을 기다렸다. 친구와 함께 마지막 "파이팅!"을 외치며 서로를 격려했다. 머릿속에는 차안에서 생각했던 '4시간'이라는 단어가 한구석에 자리하고 있었다.

힘차게 출발했다. 사람이 정말 많았다. 출발선을 지나는데도 2~3분은 걸린 것 같았다. 머릿속의 '4시간'이라는 단어는 나에게 '사람들을 피해서 추월해!'라고 속삭였다. 1~2km를 지났을 때, 나는 친구를 뒤로 하고 치고 나가기 시작했다. 10km 지점까지는 정말로 지그재그로 달리며 많은 주자들을 따돌렸다. 달리면서 '이렇게 사람들을 많이 제쳐본 적이 있을까?' 하는 생각이 들면서 몸도 기분도 아주 상쾌했다.

10km 지점을 지나서는 사람이 그나마 줄기는 했지만, 그래도 일직선으로 달리기가 힘들어서 사람들을 피해 요리조리 달려 나갔다. 경치를 본 기억은 없다.

15km를 지나면서, '왜 이렇게 하프지점이 안 나오지?' 하는 생각이 들기 시작했지만 아직도 몸은 가벼웠다. 달리다 보니, C조의 3시간 50분 페이스메이커를 추월했다. C조는 내가 속한 H조보다 약 25분을 먼저 출발한 그룹이었다. 정말로 신이 났다. 하프가 가까워지고 있었다. 신기한 것은 지나치는 사람들의 뒷모습이 대부분 기억이 난다는 것이었다. 특히나 복장이나 자세가 특이한 사람들은 너무나도 또렷하게 머릿속에 각인이 된다. 같이 달린다

는 동료의식과 내가 그들을 추월했다는 자만심이 섞인 어리석은 감정임을 그때는 몰랐다.

하프지점에서 바나나와 파워젤을 먹으며, 다리 스트레칭을 잠깐 하였다. 약간 다리가 저린 느낌이 들었지만, '4시간'이라는 놈이 '빨리 출발해'라고 외치고 있었다. 춘천마라톤을 다녀온 마라토너들은 알겠지만, 하프 지점을 지나면서 춘천댐까지(28km 지점) 완만한(체감적으로는 아주 가파른) 경사로가 시작된다. 조금씩 다리가 저려오기 시작하였다. '어! 왜 이러지' 하면서도 속도를 유지하였다.

25km 지점에서 갑자기 내 몸은 멈췄다. 정말 너무나도 갑자기 몸이 움직이지 않았다. 도로 한 귀퉁이에서 달려오는 주자들을 바라보며 털썩 주저앉았다. 다리를 포함한 온몸이 전기에 감전된 듯 찌릿찌릿한 느낌이 계속되었다. 마음이 급해졌다. '이러고 앉아 있으면 안 되는데…', '4시간 안에…' 이런 생각을 하며 한 5분쯤 앉아 있는데, 아까 지나쳐 온 C조의 3시간 50분 페메가 지나간다. 아직까지도 시간은 충분하다. 하지만, 내 몸은 말을 들을 기색이 전혀 없었다.

10월말 아침의 춘천날씨는 그다지 추운 날씨는 아니나, 춘천댐을 올라가는 주로는 산의 그림자로 인해서 기온이 매우 낮다. 점점 추워지기 시작하였다. 조바심에 5분쯤 더 앉아 있다가 억지로 일어났다. 다시 뛰기 시작했다. 저림은 없어지지 않는다. '정말로 몸이 왜 이럴까?'라는 의문이 '4시간'이라는 단어를 마음속에서 밀어내기 시작했다.

26km를 지나면서 현저히 속도가 줄어들기 시작하였다. 이제는 걷는다. 다시 바닥에 주저앉았다. 올라오는 주자들을 보니, 그들의 등과 이미지가 합쳐져서, 내가 언제 그들을 추월했는지 정말로 또렷이 기억이 난다. 정말로 몸이 말을 듣지 않는다. 스트레칭을 해도 저린 증상이 없어지지 않는다.

20분쯤 앉아 있으니까, H조의 4시간 페이스메이커가 지나간다. '4시간'은 이미 머릿속에서 깨끗이 사라졌다. 땀이 식으면서 더욱 추워졌다. 교통통제로 차는 한 대도 지나가지 않았다. 불현듯 '어떻게 골인지점까지 가지?' 하는 불안감이 엄습했다. 구급차조차도 보이지 않는다. 더 있다가는 추워 죽을 것 같았다. 억지로 일어나서 다시 뛰기 시작했다. 100미터쯤 가다가 걷기로 결정했다. 10분쯤 천천히 걸으니 춘천댐에 도착했다. 계속해서 걸었다. 아까 지나친 사람들의 뒷모습이 계속해서 보인다. 저들이 나에게 '웃기는 놈이구만!' 하는 소리가 들린다. 아무렇지 않다. '살아야겠다!'는 생각만 들 뿐이다.

30km쯤 가니까 친구와 후배가 "괜찮냐!"며 등을 친다. 눈물이 날 것 같았지만, 눈물을 보일 순 없다. 친구가 같이 가잔다. 같이

걷기 시작했다. 앰뷸런스가 나타났다. 타고 갈까 한참을 고민하다가, 조금 더 걸어보자며 마음을 다잡았다. 친구는 다리에 침을 몇 대 맞더니 피를 흘린다. 그래도 다리 상태가 좋아졌단다. 억지로 걷다 뛰다를 반복했다. 조금 뛰다가 서로 '먼저 걷자' 하기를 기다렸다. 1km 구간이 점점 멀리 느껴졌다. 시간은 이미 4시간 30분이 지났다.

춘천은 대학시절을 보냈던 곳이기에 어느 정도 길도 잘 알고 있었고 거리감도 있었다. 하지만 춘천대교가 이렇게 멀리 느껴진 것은 처음이었다. 춘천대교가 나오자 친구는 5시간 안에 들어가야 된다며, 먼저 뛰어가기 시작했다. 나는 걷는 듯 뛰는 듯 시간은 잊어버린 지 오래다. 소양 2교 끝에서 사진사가 보였다. 잠깐 뛰는 척 했다. 소양 2교를 건너면 이제 2km 남짓 남았다. 2km 구간도 뛰다 걷다를 반복했다. 정말 멀었다. "이놈의 춘천!" 저절로 욕도 나온다. 드디어 골인 지점이 보였다. 300미터쯤 남았다. 주자들을 응원 나온 가족과 지인들이 길 양옆에서 길게 늘어서 있다. 힘을 내었다. 여기까지 계속해서 달려온 것처럼 힘차게 피니시라인을 지난다. 드디어 결승점을 지난 것이다.

조금 안쪽으로 절뚝이며 들어가서 인조잔디 위에 드러누웠다. 지난 5시간이 주마등처럼 지나간다. 눈물 한 방울쯤은 났으면 하는데 나지 않는다. 3시간 전에 이미 마음속을 충분히 적셨기 때문이다. 기록은 5시간 12분이다. '4시간'이란 단어는 내 머릿속에 담을 수 없는 높은 분이라는 것을 생각하며, 닭갈비와 소주를 마신다. 그래도 완주는 했다고 마음이 편해진다.

마라톤과 술

난 지금 장어와 소맥을 점심으로 먹고 있다. 오늘 기록이 좋아서 술도 맛있다. 오늘 오전에는 6월 무더위와 땡볕 아래에서 강화해변마라톤을 뛰었다. 작년과 마찬가지로 구름 한 점 없고, 바람도 거의 불지 않았다. 뛰는 내내 그늘은 거의 없었다. 작년에도 뛰면서 너무너무 고통스럽고 힘들었는데, 올해도 또 달렸다. 그나마 하프마라톤이라 다행이다. 2시간만 힘들면 된다. 뛰는 내내, 점심으로 먹을 갯벌장어 생각밖에 없다. 고통의 순간은 장어와 함께 술을 마시기 위한 하나의 성스러운 의식이라고 생각해야 한다. 이러한 고통과 인내의 시간을 지나지 않으면, 행복한 만찬은 없다. 오늘은 3차까지만 가야겠다.

술을 좋아하는 사람도 있고, 싫어하는 사람도 있다. 우리나라에서는 술로 인해 말도 많고 탈도 많다. 하지만, 분명히 술은 사람들을 인류사회학적으로 조금이나마 정서적으로 풍요로운 삶을 사는데 긍정적인 영향을 미치는 하나의 먹거리에는 틀림이 없다. 대부분의 사회에서는 사람들이 술을 마시며 서로 소통하고 교류

하고 교감을 느낀다. 술이 하나의 촉매제 역할을 하는 것이다. 우리나라에서는 중년으로 갈수록 술에 대한 의존이 높아져 간다. 물론 많이 먹으면 건강에 좋지 않다. 나도 그렇고 주변 사람들을 봐도 40대, 50대가 되면서 술을 즐기는 사람들이 많은 것 같다.

술에 의존도를 높이지 않고 건강하게 즐기는 것이 좋다는 말에 다들 동의할 것이다. 술을 건강하게 즐기는 방법 중에 한 가지가 달리기다. 특히, 마라톤 대회를 나가서 코스를 달리고 나면, 서로 처음 본 완주자들과도 교감이 생긴다. 같은 시간에 같은 코스를 달렸기에 동료의식이 생기고 서로를 존경하게 된다. 처음 만난 주자들과도 이럴 진데, 친구들이나 동호회 회원들은 어떻겠는가? 서로간의 할 말이 정말로 많다. 달리기를 하는 동안 땀도 많이 나고 숨도 차고 목도 마른다. 막걸리 한잔 같이 들이켜고, 달리는

나인강에서 동료들과 술잔을 기울이며(오른쪽에서 두 번째가 필자)

동안의 보고 느끼고 생각한 것들을 서로 얘기하다 보면 밤을 새도 시간이 모자란다. 얘기만 할 수 없으니 술과 음식이 따라온다.

'마라톤을 하면 주량이 늘어나는 부작용이 있다'는 농을 하곤 한다. 대부분 건강해지고, 체질이 개선되다 보니까 주량이 늘어나는 것이 아닐까 생각해본다. 주로를 함께 달리며, 동고동락하는 인생의 동반자들과 술 한잔 하면서 행복을 찾는 것이 현대의 풍류가 아닐까 생각한다.

마라톤과 인생

마라톤을 하면서, 많이 듣는 말이 '마라톤은 인생과 같다'이다. 서로 경쟁하면서 앞만 보고 달리기 때문이다. 다만, 경쟁이라는 말에는 이견이 있을 수 있다. 기록경기이기 때문에 등수를 가리기도 하고, 각자의 기록을 가지고 서로 경쟁하기도 한다. 하지만, 대부분의 주자들이 깨닫게 되는 것은 결국은 자기와 싸움이라는 것이다. 나의 기록을 경신하는 것이 중요하고, 완주하는 것이 중요하지, 남하고 비교하는 것은 무의미하기 때문이다. 건강과 행복을 위해서 오랫동안 즐기는 것이 가장 중요하다.

마라톤을 시작한지 약 7년이 지났다. 아주 추운 겨울을 제외하면, 거의 매주 일요일 인천대공원을 달린다. 거리는 12.5km다. 1년에 10회 이상 하프마라톤을 달린다. 몇 년 전까지는 매년 2회는 풀코스를 달렸다. 대충 계산해도 그동안 달린 거리가 7,000km 이상이다. 서울과 부산을 약 20번 정도 왕복한 거리다. 시간으로도 700시간 이상을 달렸다. 물론 내가 뛴 거리와 시간은 아무것도 아니다. 풀코스 500번 완주, 러시아 횡단, 미대륙 횡단 등 흉내조차 낼 수 없는 엄청난 사람들이 훨씬 더 많다. 그렇지만 나도 700시간이상을 달리면서 정말 많은 생각을 했다.

이상한 것은 피니시라인을 지나치면 머릿속에 남는 게 없다는 것이다. 기쁘고 행복했던 일도 생각나지만, 대부분은 후회되는 일과 현재 직장과 가정에서 해결할 문제들이다. 학창시절 잘못했던 일, 부모님께 잘못했던 일, 잘못된 선택을 한 일, 최선을 다하지 않았던 것에 대한 후회 등이다. 뛰는 동안 무수히 많은 생각의 단편들이 지나가지만, 한 가지 생각이 오래 가지 않는다. 이마저도, 피니시라인을 지나면서 채에 걸러지듯이 아무것도 남지 않는다.

하지만, 이러한 현상에 대한 긍정의 효과는 자아성찰의 기회를 남들보다 더욱 많이 갖는다는 점이다. 조금 과장해서 표현하면 '조금 더 성숙한 인간으로 살 수 있다'고 생각한다. 마라톤 하는 사람 중에 악인이 없다는 것이 이러한 논리에 대한 증거이다.

마라톤을 하면서 얻을 수 있는 또 다른 이익은 자신감이다. 힘든 일을 이겨내거나, 겪은 이후에는 사람들이 자기도 모르는 사이에 강해진다. 남자들은 대부분 '군대도 다녀왔는데, 무슨 일인들 못하겠냐'라는 말을 많이 하고 듣는다. 우리가 사는 인생은 많은 우여곡절이 있다. 가정사에도 많은 난관이 있고, 직장이나 사업에서도 항상 난관에 부딪친다. 대부분의 경우에는 마음고생은 하지만 슬기롭게 극복하고 지나간다. 지나고 나면 아무 일도 없다는 듯이 다시 일상이 되고, 또 다른 시련이 온다.

마라톤을 하게 되면 정신과 육체적으로 이러한 시련 극복을 시뮬레이션해 보는 것이라고 생각하면 된다. 매일 또는 매주 달리기를 하면서 시나브로 정신과 육체는 시련과 난관으로부터 단련된다. 반복 훈련을 통해 자신감을 배양할 수도 있다. 필자도 달리기를 하면서 자신감과 자존감이 많이 높아졌다는 것을 깨달았다. 10대 후반이나 20대부터 달리기를 하였다면, 나의 현재가 달라졌을 것이라 생각한다.

건강에도 좋고, 자아성찰을 통한 성숙한 인격 형성, 자신감까지 기를 수 있는 마라톤을 모두에게 권하고 싶다. 남녀노소 누구나, 장소에 상관없이, 시간에 상관없이 즐길 수 있다. 오늘 할 일을 내일로 미루지 말자!

주자는 늙지 않는다(走者不老)!

다음은 내 글에 등장하는 '춘천마라톤대회'와 '강화해변마라톤대회'의 소개글이다.

조선일보 춘천마라톤 대회(출처: 네이버)

조선일보사는 손기정(孫基禎)이 1936년 베를린 올림픽대회에서 마라톤을 제패한 지 꼭 10년 뒤인 1946년 10월 27일 해방의 감격 속에 민족의 단결과 정기를 높이기 위해 처음으로 마라톤대회를 창설하였다.

이것이 제1회 조선일보단축마라톤대회다. 이 대회는 이듬해에 '손기정 세계제패기념 제1회 조선일보마라톤대회'로 격상되었다. 제1회 조선일보 단축마라톤대회는 서울광화문 태평로의 조선일보사 앞에서 우이동을 왕복하는 코스에서 열렸으며, 서윤복(徐潤福)이 1시간 29분 24초로 우승을 차지하였다. 당시 전 국민의 신망을 받고 있던 민족지도자 이승만(李承晚)과 김구(金九)는 대회우승컵을 기증해 조선일보마라톤대회에 대한 온 민족의 관심을 그대로 반영하였다.

이후 70여 년 동안 조선일보마라톤은 6·25전쟁의 참화가 닥친 시기 등을 제외하고는 끊임없이 한국마라톤의 기록갱신과 새로운 선수발굴에 앞장서 왔다. 특히 볼거리가 별로 없었던 시절에 라디오를 통해 중계되는 조선일보마라톤대회는 온 국민의 귀를 사로잡은 최고의 스포츠행사였다.

조선일보마라톤대회는 또 해방 이후 지금까지 숱한 기록을 갱신해 오면서 셀 수 없을 정도로 많은 스타들을 배출해 냈다. 조선일보마라톤대회의 첫 결실은 서윤복 선수의 1947년 보스턴마라톤대회 우승으로 나타났다.

마라톤의 전통과 권위의 상징처럼 비쳐진 보스턴마라톤의 제패는 해방의 혼란 속에서 갈피를 못 잡던 많은 국민에게 10여년 전 일제하에서 손기정 선수가 전해준 것과 같은 희망과 용기를 다시 한번 심어주었다.

이후 조선일보마라톤에서 배출된 스타들은 아시안게임과 세계선수권대회, 보스턴마라톤대회 등 국제대회에서 유감없이 기량을 토해냈다. 1958년 동경아시안게임과 1990년 북경아시안게임에서 금메달을 따낸 이창훈(李昌薰)과 김원탁(金元卓)도 조선일보대회 출신이다. 이창훈이 1957년 제11회 대회 때 실시한 20km단축마라톤에서 우승, 국가대표로 발탁된 뒤 다음 해 아시아를 제패했다.

1985년 제39회 대회 우승자인 김원탁은 1990년 아시안게임에서 정상에 서면서 한국마라톤의 붐을 조성하는 결정적 계기를 만들었다. 현재 세계톱 마라토너인 김재룡(金在龍), 김완기(金完基), 이봉주(李鳳柱), 김이용(金利龍) 등도 조선일보대회와 함께 성장한 선수들이다.

김완기는 1991년 춘천마라톤코스에서 치러진 제45회 대회에서 2시간 11분 2초의 기록으로 한국신기록을 수립하여, 황영조(黃永祚)의 올림픽 우승으로 이어지는 한국 마라톤 기록 단축의 기폭제 역할을 했다.

1996년 애틀랜타올림픽대회의 은메달리스트 이봉주는 1994년 대회에서 2시간 9분 59초의 대회신기록을 세우며 우승했다. 이밖에 역대 최다 우승자(3회)인 조재형(趙宰衡)과 대회 2연패를 했던 유재성(柳在聖) 등은 현재 한국마라톤 명조련사로 후배들을 키우고 있다.

1991년 새로 마련된 춘천코스에서 벌어진 대회에선 김완기가 11분대의 한국기록을 낳으면서, 한국마라톤은 바르셀로나올림픽과 히로시마아시안게임 제패로 이어지는 국제대회에서의 개가와 함께 2시간 8분 9초의 한국 최고기록수립까지 승승장구하는 대전환점이 됐다.

조선일보마라톤은 1995년 10월 28일, '조선일보춘천국제마라톤'으로 새롭게 태어났다. 모세스타누이(MosesTanui, 케냐) 등 세계 톱클래스의 마라토너들이 춘천에 모여 자웅을 겨루었다. 또 1997년부터 마스터스 종목을 도입하여 엘리트는 물론 국민건강증진을 위해 모두가 참가하는 아마추어 마라토너에게도 문호를 열었다.

1999년에는 일반 아마추어마라토너 1만 3000여 명이 참가하는 메머드 마라톤으로 성장했으며 외국의 유수 마라톤대회에 필적하는 운영으로 참가자들로부터 호평을 받았고, 2011년 12월 18일 국제육상경기연맹(IAAF)에 의해 골드라벨로 승격되었다.

[연혁]

1946년 제1회 조선일보 단축마라톤대회

1947년 손기정 세계재패기념 조선일보 마라톤대회로 격상

1991년 춘천으로 코스 이전

1995년 조선일보 춘천 국제 마라톤으로 격상

1996년 마스터즈 부문 신설

강화해변마라톤대회

올해(2019)로 19회를 맞이한 강화해변마라톤대회는 강화군이 후원하고 인천일보가 주최하는 마라톤 대회다. 하프코스, 10km, 5km의 3종목이 있다. 강화도 외포리 선착장에서 열리며, 해안을 따라서 달리는 코스로 유명하다. 다만, 시기적으로 더위가 시작되는 6월말이고, 출발시간도 아침 9시 30분이라서 작렬하는 햇볕 아래에서 더위와 싸워야 하는 대회로 악명이 높다.

내 마음의 북소리

박현덕

또다시 북소리가 들려온다. 정신없이 뛰다보니 벌써 내 인생은 하프타임을 지나 육십을 넘어가고 있다.

나의 마라톤은 언제부터 했는지 시작점은 기억이 없지만 누구나 그렇듯이 사회생활에서 오는 스트레스를 조금이나마 해소해보려고 찾아 나선 것이 마라톤의 시발점이 되었던 것 같다.

처음에는 내가 마라톤을 완주하고 이를 평생 취미로 할 것이라고는 상상도 하지 못했다.

TV에서 마라톤 중계를 할 때 내가 이 운동을 하지 않았을 때는 축구도 아닌 마라톤 중계가 재미없어서 채널을 다른 곳으로 돌리곤 했었는데 지금은 마라톤 중계를 보면 선수들이 꾸준히 달리는 모습이 지루할 것 같지만 마라톤 풀코스를 달려본 나는 화면에 표시된 달린 거리를 보면서 그 정도 달렸을 때 얼마나 힘든지 잘 안다.

하지만 결승선을 통과 하면서 힘들게 뛴 마음은 온데 간데 없이 사라지고 오로지 완주의 기쁨과 해냈다는 뿌듯한 성취감이 있기에 TV에서의 마라톤 중계가 지루하지가 않다. 나에게 있어서도 마라톤은 즐거운 것이지만 결코 쉽지 않은 운동이었다.

백리 길을 넘게 뛰면서 생기는 가슴과 다리통증은 미묘한 흥분의 도가니였으며 추운겨울에 뛰면서 흘러내린 땀방울은 가락가락의 고드름이 되어 내 얼굴을 때리기도 했지만 즐거웠다.

뙤약볕에 잠실대교를 막 지날 때 올라오는 다리 근육수축(쥐)은 죽을 만큼 아팠던 것은 지금도 잊을 수 없는 하나의 에피소드로 남아 있다.

한발 한발 내딛는 발걸음 수만큼이나 고통도 더해 갈 즈음 주로에서 응원객 들이 울려주는 북소리 꽹과리 소리가 나에게는 칠팔월 가뭄에 단비가 된 것처럼 천근만근의 무거운 다리에 큰 힘이 솟게 했었다. 백리 길을 뛴다는 것은 정답의 없는 인생이 고뇌를 담아내고 녹여내는 것과 같이 마라톤은 인생의 희로애락을 다 녹아 내는 것 같다.

나 역시 인생을 살아가면서 남들에게 북소리 같은 존재로 늙어

가야지 다짐을 많이도 했었다. 지금 비록 대회는 출전을 못해도 주말이면 젊은 친구들과의 어울림이 즐겁고 처음 들어온 신입회원들과 같이 어울려 뛰면서 조교가 아닌 조교가 되어 보곤 한다.

조금 느리면 어떠하랴. 천 번을 흔들려야 어른이 된다고 하지 않았던가. 지금도 그날의 고통 속의 완주했던 기쁨을 소중히 간직하면서 그렇게 내 마음에 북소리는 내 가슴속에 아직도 살아 있어 어른이 되어 가는 길목에서 설렘으로 흔들리고 있다.

늘 기쁜 마음으로 즐기며

내 머릿속의 지우개

이향화

2년 전이었다. 처음 '부천두발로'라는 마라톤 동호회에 나가던 날 나는 긴 추리닝 바지에 면 티셔츠에 점퍼를 입고 나갔다. 6월이었지만 이른 아침이라 공기가 제법 찼다. 선선한 온도니 그 정도면 적절한 차림이었다. 그때는 그렇게 생각했다. 긴 거리를 달려본 적이 없었으니 조금만 뛰어도 몸이 얼마나 쉽게 달아오르는지, 손수건 한 장의 옷 무게만 더해도 얼마나 거추장스러운지 몰랐다. '천천히 따라 가보지 뭐!' 하는 생각은 채 1분도 안 되어 무너졌다. 백 미터를 넘어서자 숨이 찼고 발걸음은 무뎌졌다. 간신히 몇 백 미터쯤을 쫓아갔지만 내가 갈 수 있는 곳은 거기까지였다.

매주 일요일 아침에 모이는 동호회 회원들이 달리는 거리는

12.5km 정도다. 아무 준비도 없는 초보자가 첫 날부터 따라 가보 겠다는 건 터무니없는 만용이었다. 내가 입은 긴 추리닝 바지와 점퍼는 다이어트용 땀복이라면 모를까 마라톤 하는 사람들에겐 무더운 여름날에 다운재킷을 입은 모습으로 비쳐졌을 것이다. 그 정도로 나는 마라톤에 문외한이었다.

출발한 지 얼마 되지도 않았는데 "헉헉" 대는 숨을 고르다가 젖은 솜처럼 철벅거리며 걸어오는 나를 보고 동호회 회원들은 다음 주부터는 못 볼 사람이라고 생각했다고 한다. 심지어는 '폐 에 이상이 있는 것 아니냐, 몸에 더 해로울 수도 있으니 그만두는 게 낫다'는 충고를 진지하게 하는 회원도 있었다.

그날 아침의 기진맥진했던 장면은 나에게 적지 않은 좌절이자 부끄러움이었다. 집에 돌아오면서 여러 생각이 들었다. 그동안 '내 몸을 너무 무방비로 방치했다는 자책도 들고, 이런 걸 왜 하러 왔나' 하는 후회가 들기도 했다. 하지만 거친 숨을 내쉬는 동안 온갖 잡생각들이 다 사라지던 느낌과 숨을 고르고 난 뒤의 개운함 이 잊히지 않았다. 정체된 일상을 보내던 나에게 어쩌면 자극이 되고, 하나의 전환점이 될지도 모른다는 생각이 들었다.

평소의 나는 큰 변화나 도전을 두려워하는 사람이다. 하지만 일단 시작한 일에 대해서는 나름 고집도 있고 책임감도 강한 사람 이다. 비록 한 차례 체험한 달리기의 쓴맛이었지만 우연이건 필연

이건 내가 선택하고 결정한 일이기 때문에 어쨌든 계속해야 한다고 생각했다. 그런 오기가 생겼다고나 할까.

나는 그 다음 주 일요일에도 굳이 그 쓴맛을 보기 위해 훈련장에 나타났다. 나의 등장을 기대하지 않았던 회원들은 첫날보다 더 반기고 환영했다. 한 원로 회원님은 매주 나와 같이 뛰다 걷다를 반복하며 달리는 동안의 페이스메이커 역할을 해주셨다. 얼마의 시간이 흐른 뒤 많은 분들이 나에게 몰라보게 좋아졌다며 격려해주실 땐 칭찬 받은 어린아이처럼 신이 났다. 두어 달이 지나자 훈련 코스인 12.5km를 달릴 수 있게 되었다. 지금 생각하니 '많은 분들이 늦어지는 나 때문에 참 많이 기다리셨겠구나' 하는 미안하고 고마운 마음이 든다.

그러다가 마침내 나는 공식 마라톤 대회에 참가하였고 10km 코스를 거뜬히 완주했다. 흡족하고 뿌듯했다. 피니시라인 가까이에 앉아 풀코스 완주자들이 들어오는 모습을 처음으로 지켜보며 가슴이 벅차올랐다. 아름다운 장면이었다. 얼마 후의 내 모습이라는 생각이 오버랩되니 흥분되었다.

그렇게 5개월이 지난 후 나는 결국 하프 마라톤을 완주했다. 그리고 마라톤과 인연을 맺은 지 9개월 만인 다음해 3월 동아마라톤 대회에 참가하여 풀코스 완주를 이루어내고 말았다. 이게 정말 실화인가? 이를 악물고 달리며 결승선이 보였을 때 내 눈에서는 눈물이 흘렀다.

살아오는 동안 내 스스로의 힘으로 이룬 것이 변변히 없어서였을까. 회원들의 박수를 받으며 피니시라인의 마지막을 통과할 때 나는 에베레스트 정상에 오른 사람에 못지않은 희열을 느꼈다. 나는 그냥 달렸을 뿐이다. 멈추면 다시 못 달릴 것 같아 계속 달렸다. 다른 아무런 생각도 없었고 떠오르지도 않았다. 한발 한발 힘겨운 발걸음이 이어지다 보니 결국엔 더 이상 뛰지 않아도 되는 지점에 도달했던 것이다.

지인들 중에는 나에게 "왜 힘든 마라톤을 굳이 하냐"고 묻는 사람이 여럿 있다. 처음에는 "건강해지기 위해서"라고 가볍게 대답했다. 건강, 그게 전부일까? 하프코스를 지나 풀코스까지 넘어섰을 때는 성취감이 말할 수 없이 컸다. 그렇다면 성취감, 그게 전부일까?

이번에 마라톤에 대한 글을 쓰면서 거기에 대해 다시 생각해 보았다. 대부분은 마라톤이라면 뭔가 특별한 사람들이 하는 운동이라는 선입견을 갖고 있다. 나또한 처음엔 그렇게 생각했다. 나는 운동을 전혀 하지 않았던 사람이었고 마라톤을 해 보자고 권유받았을 때 그 힘든 걸 '어떻게'도 아닌 '왜 해?'라고 했던 사람이었다.

2년이 지난 지금 나는 10번 정도의 하프마라톤, 2번의 32km 대회, 풀코스 대회 3번 참가한 기록을 갖고 있다. 입문하지 않은 사람들이 볼 때는 범접하기 어려운 상당한 반열에 오른 것일 수도 있다. 그러나 나는 아직도 달리기를 시작하자마자 헉헉대고 끝날 때까지 여전히 헉헉댄다. 나는 여전히 초보자인 셈이다. 그런데도 나는 왜 달릴까?

뛰는 동안 내가 무슨 생각을 하고 어떤 느낌을 가졌던지 곰곰이 돌아보니 매번 별 기억이 없다. 생각은커녕 있던 생각마저도 다 없어졌다. 뛰고 나면 내 머릿속은 싹 비워지는 느낌이었다. 마치 지우개로 지우듯 매일 내 안에서 생성되며 누적되었던 갖가지 고민과 불안과 걱정들이 일시에 소멸된다. 그것은 '건강'과 '성취

2019 인천송도국제마라톤 강렬한 태양을 가르며

239

감' 등등을 넘어서는 달리기의 오묘한 효과였다.

마라톤 2년차! 나는 지금 정신적으로 건강하고 행복하다. 그것으로 충분하다. 온갖 복잡한 상념들이 교차하며 마음이 답답하고 힘들 때마다 '아~ 달리고 싶어!' 하는 생각이 든다. 뭔가를 지우고 싶은 때가 찾아올 때마다 남들이 갖지 못한 비책을 나는 갖고 있다. 운동화 끈을 새로 매고 가쁜 숨을 몰아쉬며 땀을 흘리면 된다. 그러한 지움의 기억이 마약처럼 나를 달리게 한다. 지우개로 지운 자리에는 무언가를 다시 쓸 여백이 만들어진다.

앞으로 언제까지 달리게 될지 모르지만 그 여백에 나와 내 가족의 행복 다이어리를 써 나갈 것이다. 그래서 나는 달린다.

'땀'과 '잠'이 최고의 보약

장석철

　살아오면서 가장 바쁘고 힘들었던 시기에 마라톤을 알게 되었다. 당시 승진 가능성이 거의 없는 지방부서로 발령이 난데다가 매일 밤 12시 가까이까지 야근을 해야 할 만큼 일이 많았고 아이들 학교 때문에 가족과 떨어져 혼자 지내야 했다.

　야근을 마치고 아무도 없는 적막한 집에 오면 뭘 해야 할지 적응이 되지도 않았고 비전도 없는데 바쁘기만 한 직장일 등 막막함에 밤잠을 설치기 일쑤였다. 그럴 때면 혼자 양주 몇 잔을 스트레이트로 마시고는 술기운에 깜박 잠이 들었다가 새벽같이 출근을 해야 했고 몸은 점점 피로에 지쳐 불과 몇 개월 만에 거울에 비친 내 얼굴을 보고는 스스로 깜짝 놀랄 만큼 망가진 모습이 되어갔다. 술을 안 먹은 날에도 주변에선 술 냄새가 난다며 "밤새 술 마셨구나" 하는 오해를 자주 받을 정도였다.

조금 일찍 퇴근을 하게 된 어느 날, 빈 집에 일찍 가기도 그렇고 해서 집까지 걸어가 보자는 생각이 들었다. 회사에서 혼자 지내는 집까지 7km가 조금 넘었는데 하천가로 자전거길이 잘 나 있어서 걷기에 무리가 없었다. 개울에 물 흐르는 소리를 들으며 운동하는 사람들도 보면서 걷다 보니 생각도 차분해지고 기분이 한결 나아지는 느낌이 들었다.

하루는 주변에 뛰는 사람들을 따라 조금 뛰어 보았다. 하지만 힘들어서 얼마가지 못하고 걸었다. 잠깐인데도 땀을 흘려서인지 목이 말라 막걸리 몇 잔 마시고 나도 모르게 잠이 들었는데, 다음 날 알람이 울릴 때까지 죽은 듯이 잤다. 푹 자고나니 지금까지 느껴보지 못했던 개운함과 함께 기분까지도 달라지고 일을 해도 능률이 오르는 것을 느낄 수 있었다.

이후로 거의 매일을 뛰기도 하고 걷기도 하면서 퇴근을 하게 되었고 점점 재미가 붙어 출퇴근을 모두 걷거나 뛰거나 하였다. 이렇게 근 1년을 지내면서 마라톤을 연습하는 사람들과 얼굴을 익히게 되었고 우연히 같이 막걸리도 마시게 되었다. 몇 번의 술자리에 어울리게 되면서 춘천마라톤에 따라 뛰기로 했다. 본격적으로 마라톤 준비를 하면서 먼저 뛰어본 사람들이 지도하는 대로 준비를 했고 마라톤을 하는 당일 날도 하나하나 가르쳐 주면서 같이 뛰어주니 별 어려움 없이 완주를 할 수 있었다.

마라톤 Full 코스의 효과는 삼일 째부터 나타나기 시작했다. 밥 먹고 돌아서면 배고픈 느낌이 들 정도로 밥맛이 좋아졌고 술맛도 좋아졌다. 몸의 모든 상태가 30대 초반으로 돌아온 느낌이라고 할 정도로 최고의 몸 상태가 되었다. 좋은 컨디션으로 일도 열심히 잘하게 되고 자신감 넘치는 활동을 하게 되니 모든 것이 저절로

춘천마라톤 피니시라인 직전에서

잘 풀려 가는 것 같았다. 마라톤 첫 도전을 한해에 승진도 하게 되었다.

그로부터 13년이 지난 지금 60을 바라보는 나이가 되었어도 틈나는 대로 뛰는 게 습관이 되었다. 땀을 흠뻑 흘리고 잠을 푹 자고 나면 상쾌하고 개운한 아침을 맞이할 수 있기 때문이다. 어쩌다 다른 일에 쫓기어 며칠을 못 뛰게 되면 몸이 늘어지는 느낌이 들고 그럴 때면 나도 모르게 보약을 찾는다. 마라톤이 주는 진한 땀과 꿀잠을 이라는 보약. 이렇게 지내다 보니 풀코스를 23번 완주하였다. 이제 춘천마라톤 명예의 전당에 이름을 올릴 수 있을 것 같다. 춘마를 3번만 더 뛰면….

울트라(50, 53, 100km… 등)

[울트라마라톤]

울트라마라톤이란?

일반적으로 풀코스(42.195km) 이상의 거리를 뛰는 것을 울트라마라톤이라고 한다. 일정 거리 이상을 뛰는 거리주와 시간을 정해 놓고 주자가 간 거리를 비교하는 시간주의 2가지 형태가 있다. 국내의 경우 해남 땅 끝에서 강원도 고성을 달리는 '대한민국종단 622km' 경기가 가장 긴 울트라마라톤대회이다.

울트라마라톤을 위한 Tip

울트라마라톤을 준비하려면 최소한 4개월 전에 시작해야 한다. 풀코스마라톤을 많이 뛸수록 준비하는 기간은 줄어들게 된다. 울트라마라톤은 페이스가 중요하다. 시작은 천천히 하는 것이 좋으며, 중간에 걷는 것을 두려워하지 말아야 한다. 언덕에서는 적은 에너지를 사용을 위해 평지보다 천천히 뛰는 것이 좋다.
사소한 문제가 큰 문제가 되지 않도록 자세, 강도, 스트레칭에 집중해야 한다.
1) 케이던스 증가: 1분 동안 발이 땅에 닿는 횟수의 증가는 발이 가벼워지고 접촉시간이 단축되어 부상의 위험이 줄어든다. 숫자에 대해 너무 고려하지 말고, 발이 더 가벼워질 때까지 부드럽게 케이던스를 늘린다.
2) 발을 너무 앞쪽으로 내딛지 않도록 주의한다.
3) 매끄럽고 가볍게 뛰는 것이 중요하다. 발목에 부하가 가지 않을 정도로 케이던스를 증가해야 한다.
4) 통증이 온몸에 균등하게 온다면 열심히 뛰고 있다는 것이나, 특정 부위에 통증이 온다면 레이스 중단을 고려해야 한다.

음식물 섭취
1) 에너지를 공급할 수 있는 최대 영양소를 섭취할 수 있도록 해야 한다.
2) 지방 연소 능력을 극대화하는 것은 가장 안정적인 에너지 방출을 제공한다. 탄수화물은 더 빨리 달릴 때 더 빨리 연소되며, 단 2시간 동안만 지속된다. 1차 에너지 공급원으로 지방을 사용하려면 탄수화물의 소비는 최소한으로 줄여야 한다. 훈련 단계에서 건강에 좋은 지방(견과류, 등 푸른 생선 등)의 섭취를 늘리고 설탕 섭취량을 줄여야 한다. 간간히 공복 훈련을 연습하고 길게 대화하면서 뛰는 페이스를 유지하면 지방 연소 상태를 유지할 수 있다.
3) 훈련에서 울트라마라톤에 적합한 모든 종류의 음식물을 테스트해 본다. 어떤 음식이 자신에게 가장 적합한지 확인해야 한다.

런너스 하이!

: 갑비고차울트라마라톤을 뛰며

간호윤

어제 늦게 수업을 마쳐서인지 맥주 한 병을 먹고 푹 잠이 들었다. 그러고 눈을 떴다. 여느 날처럼 생전 처음 맞는 오늘이지만 영 묘한 아침이다. 마치 조그만 옹달샘에 약간의 파문을 일며 솟구치는 물방울 같다. 온전한 나만의 시간, 하루키의 용어를 빌리자면 이 또한 소확행(小確幸)이 아닐는지. ………

주섬주섬 오늘 강화울트라 100(101)km 뛸 채비를 한다. 시간표도 챙겨 넣는다. 목표는 15시간이다. 52.5km까지는 7시간으로 맞추고 그 이후는 체력이 현저히 떨어질 것을 대비하여 15시간도 써넣었다.

가장 중요한 것은 러닝화이다. 42.195km 뛰는 마라톤화는 뒤꿈

치가 없기에 일단 제외다. 두 켤레를 가져갈 수도 없기에 고심이
다. 아래 '디아도라화'는 겉은 후줄근해도 인하대 아이들과 국토
대장정 3년을 함께한 베테랑이다. 100km는 처음 뛰기에 발뒤꿈치
를 감안한 선택이다. 그리고 이 붉은 녀석. 이 러닝화로 최종 결정
하였다. 처음 산 날 신고도 금천울트라 53km를 완주하였다. (참
이상한 것은 그때의 고통이 전혀 남아 있지 않다는 어이없는 사실이다.)
붉은 색은 내가 좋아하는 색이기도 하다. 그래 너를 믿는다. 함께
강화를 달려보자꾸나.

이제. 모든 것을 마쳤다. 잠시 후 5시면 출발한다. 내일 내가
이 운동장에 무사히 귀환할지는 모른다. 다만 지금까지 한 내 노력
에 대한 만큼만 결실을 바랄 뿐이다. 길을 따라 걸음을 옮기고
바람결에 숨쉬기를 할 뿐이다. 모쪼록 내 몸이 자연과 하나 되고
이 시간만큼은 잇속의 세상을 벗어나 무진장의 자유를 누려보면
좋겠다. 겸하여 지금 이 자리에 서기까지 도움을 준 여러 분들에게
깊은 감사를 드린다.

울트라마라톤에서 42.195 마라톤은 의미 없다. 가벼이 45km를
지날 때쯤 헛구역질이 넘어왔다. 작은 돌부리라도 채이면 몸이
휘청거렸다. 드디어 52.5km. 반환점이다. 시간도 계획보다 20여

분 앞선 6시간 50분에 도착했다. 간단하게 주최 측에서 주는 음식을 먹었다. 간단하게 요기를 하고 10여 분 쉬어서인지 지친 몸에 생기가 돈다. 강화도의 맑은 밤하늘이 펼쳐진 것을 그제야 본다. 그러고 보니 보름달이다. 몹시 튼실하게 생긴 보름달 옆으로 셀 수 없는 별들이 반짝인다. 이제야 하늘의 별들과 길가의 풀들과도 대화를 해본다. 멀리 논배미의 올벼들 위에 희미한 새벽안개가 내린다.

이사람 저사람, 이일 저일이 떠오른다. 이상한 것은 즐거운 일보다는 괴로운 일이 더 많이 떠오른다. 사람도 마찬가지다. 밤하늘에 대고 냅다 소리를 질렀다. "……!" 참 미안하다. 꼭 청정무구 도랑에 쓰레기 한 삼태기를 버린 것 같다. 어찌되었건 내 마음은 조금 깨끗해진 것 같다는 느낌이 든다. 그래 몸은 고통이지만 정신은 맑다.

어느새 어둠도 가셨다. 미명을 헤치고 붉은 태양이 이끄는 아침이 오는 것이 보였다. 이제 마지막 산악 구간으로 접어든다.

환하게 날이 밝았다. 이제 고려산만 넘으면 된다. 시간을 보니 14시간을 막 지난다. 이 정도면 계획한 15시간에 충분하다. 그러나 산길은 1km라도 꽤 길다. 빠른 걸음으로 넘는다.

드디어 골인지점이 보인다. 한 걸음 한 걸음이 모여 여기까지 왔다. 그것은 순수한 땀방울이 만들어낸 정직한 결과다. 내가 마라톤을 좋아하는 이유이다.

어제 5시 출발하여 오늘 아침 7시 37분. 14시간 37분이다. 이렇게 내 생애 첫 100km 울트라 마라톤 도전기는 막을 내렸다. 3월 동아마라톤대회 준비부터 계산하면 근 10개월의 장정이었다.

긴 잠을 자고 오늘 아침 눈을 뜬다. 인터넷을 열어보니. 대웅제약 회장의 욕설 파문이다. 다시 내가 이 세상으로 돌아왔다는 것을 절감한다. 구역질이 나온다. 그것은 갑질의 역겨운 일상을 살아내야 한다는 의미이기도 하다.

며칠 뒤, 인터넷에 등수도 올라왔다. 완주자 171명 중, 기록은 아래와 같다.

⟨101km 기록⟩

순위 / 배 번 / 성 명 / 기 록
========================
 75 / 101 / 간호윤 / 14:37

갑비고차 96.6킬리미터에서

인생의 새로운 키워드를 만나다,
"못생겨서 결혼했다!" 그 이후

김동호

95kg이다!

2015년 25년간 동고동락했던 담배를 끊으면서 체중이 15kg 늘었다. 뭔가 운동을 해야겠다고 결심하고 여기저기 알아보던 중 철인 3종을 알게 되었다. 겁도 없이 대한트라이애슬론 홈피에서 경인클럽을 찾아 가입신청을 하였다. 그렇게 2016년 1월, 첫 훈련에 참석하게 되었다.

새벽 5시에 기상해서 훈련장소인 부천종합운동장으로 향했다. 도착하니 생각 외로 많은 분들이 달리기 운동을 하고 있었다. 클럽 분들을 만나 간단히 자기소개하고 군 제대 후 처음 뛰어본다고 했더니 그럼 부상 중인 분들이랑 '가벼운 건강달리기'를 하라고 하셔서 뛰기 시작했다.

그러나 건강달리기는 건강달리기가 아니었다. 무려 90분 동안을 달렸다. 건강달리기하다 정말 죽는 줄 알았다. 그리고 또 이어서 수영 훈련한다고 한다. 집에 갈까 망설이다 얼떨결에 수영장으로 갔다. 이제 수영 초급반이라 발차기 배우고 있었는데 철인 선배님들은 1시간 동안 안 쉬고 계속 훈련에 임하였다.

정말이지 사람이 아닌 것 같았다. 어디서 속닥이는 소리가 들렸다.

"신입은 수영도 못하는 거야~~ 몸도 저래서 운동하겠어."

그렇게 말할 수도 있는 게 보통 수영을 10년 이상 하신 분들이 철인경기에 임한다. 순간 민망하고 창피했지만 오기도 생겼다. 이런 계기로 남들보다 더 열심히 운동을 시작했다.

3개월 후, 짓궂은 선배님들이 동아마라톤 전 구간을 뛰라고 하신다. "이거 뭐 너 한번 죽어 봐." 그렇게 들렸다. 하지만 인생은 항상 도전이니 해보기로 했다. 그러던 중, 복병인 부상이 찾아왔다. 장경인대, 무릎, 발목, 종아리 순으로 아프기 시작하는데 훈련도 제대로 못 하고 최장거리가 인천대공원 2바퀴 뛰어보고 동아마라톤을 출전하게 됐다.

하루 전날, 긴 고민이 계속되었다. '괜히 출전했다가 부상이 심해지면 팀 훈련도 못 나가고 고생은 고생대로 할 텐데…….'

생각을 가다듬었다. '이러다 철인 3종 포기하는 회원들도 많다고 얘기를 들었다. 통증이 오면 소신껏 포기하고 지하철 타고 복귀하자.' 나 자신과 약속하고 출전하기로 마음먹었다.

동아마라톤대회 당일, 광화문에 도착해서 옷을 갈아입고 선배님들이 알려주신 보급도 양손에 들고 가슴 부위에 반창고도 붙이고, 바셀린도 듬뿍듬뿍 구석구석 발랐다. 완주가 목표가 아닌 나는 긴 바지에 반 소매, 핸드폰과 카드와 현금을 챙겨서 출발지로 나갔다. 형님들 기념사진도 찍어 드렸다. 이때까지만 해도 마음이 편했다.

E그룹인 출발신호소리를 듣고도 한참이나 있다가 움직이기 시작했다. A, B, C 그룹 사진 찍은 것을 보니 도로가 여유 있던데, E그룹은 너무 빽빽해서 옆 사람이랑 자꾸 부딪히고 난리가 아니었다.

'넘어지면 밟혀 죽겠구나…' 이런 생각도 들었다. 속도 좀 올리고 싶어도 가지도 못하고 앞사람 가는 데로 달렸다.

10km 지점에서 파워젤 1개 먹고, 퍼지면 보급도 소용없다는 이야기를 들었기에 20km, 30km, 35km 이렇게 먹을 계획이었다. 15km쯤 갔을 때 우려했던 오른쪽 무릎에 통증이 왔다. '좀 더 아프면 포기하자'고 나 자신과 합의하고 계속 뛰었다. 팀 훈련 때 경험으로 알게 됐는데 오른쪽 무릎은 통증이 오면 바로 중지, 왼쪽은 근육이 뭉치는 거라 참고 뛰어도 된다. 다행히 오른쪽 무릎 통증은

더 심해지지는 않았다.

20km쯤에서 뒤에서 누가 엉덩이를 툭 치는 것이다. '힘들어 죽겠는데 누구야!' 하고 옆을 보니 거구인 클럽 형님이시다. "괜찮으냐고 힘내라" 하시고는 앞질러 간다. 따라 붙고 싶었지만 왼쪽 다리가 말을 듣지 않았다.

내가 목표로 한 25km 지점이다. 견딜만 했다. '그래 가보자.' 결심하고 계속 뛰었다.

'다리야~. 조금만 더 버텨다오.' 주문을 외우고 또 외웠다.

30km부터 왼쪽 다리는 구부려지지 않아 펴진 상태로 뛰고 있었다.

35km쯤 갔을 때 왼쪽 다리에 쥐가 나서 도로에 누워버렸다. 하늘을 보고 누워서 이런 생각을 했다. '달리기만 하는데도 이렇게 힘든데, 철인 3종을 어떻게 하지.' 막막한 생각이 들었다. 조금 누워 있으니 구급차가 와서 응급조치를 해주고 갔다. 다시 일어나 뛰려니 발이 더 무거워졌다.

그 후 38~40km에서도 다리 경련으로 다시 도로를 방바닥 삼아 누웠다. 정말이지 내가 왜 이 짓을 하고 있는지 의문이 생겼다. 하지만 지금까지 온 게 너무 아까워서 포기할 수는 없었다.

컷오프 시간은 다가오고 다리는 말을 안 듣고 미칠 지경이었다. 조금씩 가다 보니 저 멀리서 꽹과리 소리가 들리는 것 같았다.

운동장이 보이고 가슴도 벅차올랐다.

시민들의 힘내라는 응원 소리에 마음이 울컥하였다.

"골인!"….

골인과 동시에 문자가 왔다. 나의 기록 4시간 47분. 감동의 순간이었다. 눈물이 하염없이 흘렀다. '이런 기분이구나!' 클럽 버스로 돌아오니 완주했다고 너무들 좋아해 주셔서 또 한 번 감동이었다. 형님들이 등목도 해주시고 맥주도 주는데 태어나서 가장 맛있었던 맥주였다. 송내에서 식사하고 집에 가는 중에 사우나 들려서 형님들이 알려 주신 대로 냉찜질을 많이 하고 나가는데 집사람이랑 애들이 기다리고 있었다.

"고생했다고, 대단하다고" 한껏 칭찬해 주었다. 집에 들어가니 두 딸이 다리 주물러주고 너무 힘들었지만, 행복한 하루였다. 이 맛에 운동한다는 생각이 들었다.

그렇게 운동을 시작하고 5개월.

뒤돌아보니 나의 몸의 변화가 보였다. 그것은 생각 그 이상이었다. 체중도 줄고 울퉁불퉁한 살이 없어지고, 얼굴 모습도 변화가 생겼다.

"못생겨서 결혼했다"고 한 아내가 "말끔해진 모습으로 변화하니 사람이 돼가고 있네."라며 웃었다. 말랑했던 허벅지도 나름 단단해진 것 같고 뱃살도 조금 들어가 경기복을 입어도 보기 싫을 정도는 아닌 것 같았다. (혼자 생각^^) 근력이 생기면서 부상도 없어지고 훈련도 열심히 하게 되었다. 새벽 6시 수영강습 화·목요일만 했던 강습을 월·수·금도 등록했다. 저녁 6시부터는 문학경기장에서 사이클 훈련과 보조경기장에서 런훈련을 매일 2시간 이상씩 하였다.

운동은 자신에게 맞는 페이스로, 좋아하는 방법으로 하다 보면 지식이나 기술을 쉽게 익히는 것을 깨달았다.

처음 시작한 내 몸은 목표에 도달하기 위해 시행착오를 거듭했지만, 그런 만큼 배운 것은 확실하게 내 것으로 만들었다. 기록이 이를 말해 준다. 2016년 처음으로 동아마라톤대회에 참가했을 때 4시간 47분 51초, 2017년 동아마라톤대회 3시간 12분 14초로 1년 만에 '1시간 30분' 가량을 앞당겼다. 자신감이 생겼다. 2018년에는 Sub-3를 목표로 1년 동안 팀훈련을 빠지지 않았고 평일에는 문학경기장에서 Sub-3 주자들과 같이 강도 있는 훈련프로그램으로 연습을 했다.

내가 Sub-3를 한다고 했을 때 못할 거라 말씀하신 형님들도 계셨지만 "할 수 있다" 응원해 준 형님들과 친구들 클럽 동생들이 배틀까지 하면서 오히려 긴장감이 들도록 응원을 해주시는 것 같아 더 힘을 내었다. 특히 일본에서 장인이 직접 만들었다는 비싼 신발까지 준 친구, 매일 전화로 컨디션과 건강 체크를 해주는 클럽 동생도 생겼다. 고마웠다.

2018년 3월 18일 6시, 송내에서 클럽버스를 타고 광화문으로 출발하였다. 3번째 출전이라서 그런지 조금은 편안한 마음으로 휴식을 취하면서 갔다. 광화문에 도착해서 형님들과 스트레칭과 조깅을 마치고 기념촬영도하는 여유가 생겼다.

7시 50분쯤 출발지점인 A그룹으로 가서 서 있으니 걱정보다는 설렘이 앞섰다. 고구려마라톤 때 Sub-3를 했던 것도 있지만 Sub-3를 할 수 있다는 강한 긍정의 마음가짐으로 엘리트선수들과 명예전당 그룹이 뛰는 걸 보고 있으니 빨리 뛰고 싶어졌다. Sub-3를 목표로 뛰시는 분들 그룹 뒤쪽에 붙어서 15km 지점까지 가는데 4분에서 4분 25초 페이스로 뛰었다.

20km쯤 갔을 때 갑자기 페이스가 4분 30초로 떨어졌다. 앞으로 치고 나갔다. 형님들께서 '절대 나서지 말고 뒤에 딱 붙어 따라가라'고 했던 말이 생각났지만 Sub-3를 못할 것 같은 불안감이 들었다.

23km 지점쯤에서 외국인 2명이 빠른 페이스로 지나가기에 그 뒤에 붙어서 페이스를 맞추었다. 그런데 이 녀석들이 자꾸 눈치를 주는 게 아닌가. 작전을 바꾸어 앞으로도 뛰고 옆에서도 뛰고 뒤에 뛰기도 하였다. 외국인들은 나를 떨구려는지 3분 50초에서 4분 페이스로 더 빠르게 달렸다. 그럴수록 악착같이 따라 붙었다.

37km 지점, 외국인들이 오버페이스였는지 페이스가 떨어졌다. 나는 치고 나갔다. 강도 높은 훈련 덕분인지 2km 남은 지점에서 조금 처지긴 했지만 그래도 무사히 골인했다.

골인 후 시계를 보니 '2시간 56분 38초', 나는 또 한 번의 'Sub-3' 도전에 성공했다. 이후 나는 철인 3종 경기도 한다.

2019년 철인3종 남해 경기(11시간 35분 23초 연대별 4위 기록)

울트라마라톤을 뛰고 나서

조 명 열

1. 풀코스도 고생을 많이 하고 힘들어서 망설였다. 그러나 '변화무쌍한 삶에 언제 뛸 수 있다는 기약도 할 수 없고 지금이 아니면 언제 다시 뛸 수 있겠는가' 하는 생각이 들었다. '그래서 기회 있을 때 뛰어야지' 하고 마음속에 묻어두었던 울트라마라톤을 부천두발로 김도윤 후배의 권유로 함께 뛰게 되었다.

드디어 2019년 7월 27일, 잠실 청소년광장에서 밤 9시에 출발하는 아킬레스건 50km 울트라마라톤대회에 출사표를 던졌다. 한여름 밤에 색다른 재미있는 여행이 시작된 것이다. 출발 전에 비가 많이 내렸으나 그쳐 오히려 시원하였다. 코스는 한강 자전거도로로 달리다가 광진교 횡단 후에 아차산, 용마산을 거쳐 중랑천 코스

자전거 길을 지나 한강 자전거 도로로 달리는 코스였다. 일반 울트라마라톤보다는 도심과 도로를 가로질러 달리는 풍경은 좋았으나 길이 복잡하였다.

2. 풀코스 때처럼 처음 20km까지는 한여름 밤에 산에서 서울 야경을 보며 달리는 울트라마라톤만의 새로운 경험, 설렘 등으로 도윤 후배랑 발걸음도 가볍게, 씩씩하게 달려 선두권을 유지하였다.

코스 중간지점인 CP에 도착하여 수박화채랑, 음료 공급도 받고 휴식을 취해야 한다. 그러나 작년대회에는 묵동 장미공원이었는데 올해는 다른 곳으로 옮긴 것을 몰랐다. 한참 헤매고 도저히 못 찾아 결국 동네 슈퍼에서 음료수를 먹는 것으로 대처하였다. 오아시스 같은 수박화채를 먹을 수 있다는 생각으로 뛰었는데 보이지 않으니 이때부터 몸에서 맥이 빠져 의욕이 급격히 감소되었다. 엎친 데 덮친 격으로 동작대교 이수지점에서 좌회전하여 반포대교를 횡단해야 하나 여의도방향으로 계속 직진하여 안 뛰어도 되는 15km 정도를 더 뛰었다. 이때부터 대회 순위와 기록에서 초연해지기 시작하였다. 자동차로 가면 금방 지나가는 한강다리 하나가 달리면서 가니 엄청 멀고 길게 느껴진다. '인생도 달리기도 가야 할 방향을 제대로 못 잡으니 고생을 하는구나' 하는 생각이 들었다. 골인지점에 가까울수록 에너지가 고갈되고 다리

가 올라오지 않아 힘들었지만 한여름 새벽 비 그친 후, 한강의
시원한 바람을 맞으며 달리는 기분도 상쾌하고 좋았다.

3. 그렇게 후배와 울트라마라톤의 긴 여정은 다음날 새벽 4시에
긴 여정을 마감하였다. 7시간 30분의 기록, 4년 전에 위절제술을
받았으나 다시 회복하여 온몸으로 느끼면서 뛰어 골인한 모습을
생각하니 만감이 교차하였습니다.

　처음 참가한 울트라대회라 우여곡절이 많았고 힘들었지만 풀코
스와는 다른 매력이 있었다. 산길을 달리다보니 도로를 달리는
것보다 몸에 무리가 덜 가고 공기도 좋고 제한시간도 풀코스보다
넉넉하여 휴식시간도 가질 수 있는 여유도 있었다. 그리고 대부분
의 (산악)울트라마라톤코스가 경치 좋은 산이나 호수를 끼고 있어
도로에 주자들이 북적되는 마라톤대회보다 한적한 산길을 여행

울트라마라톤을 완주하고

삼아 달리는 것도 좋은 것 같다.

　마라톤을 2~3회 정도 완주한 사람이면 충분히 울트라도 완주할 수 있는 기본 체력이 된다고 생각한다. 막연하게 마라톤보다 힘들고 긴 코스라 생각하지 말고 잘 찾아보면 짧은 거리를 달리는 코스도 있고 100km 아닌 50km 달리는 대회도 많으니 참가하여 일 년에 한번 정도는 참여하여 재미있고 색다른 경험을 느껴보길 권한다.

4. 마지막으로 처음 출전한 울트라 마라톤대회에 처음부터 끝까지 같이 한 후배 도윤이에게 이 자리를 빌려 고맙다고 전하고 싶다. 동반주를 해주어 끝가지 포기하지 않고 외롭지 않았다. 모두들 우물쭈물 하다가 아무것도 못하지 말고 울트라에 도전해서 삶에 자양분이 되는 소중한 에너지를 충전하였으면 하는 바람이다.

　- 이 땅의 모든 달리미의 무탈과 건강을 기원하며 -

2019년 10월 5일 청량한 가을 부천 소새울에서
부천두발로마라톤클럽 조명열 올림

부천두발로마라톤 동호회를 응원하며

전 국가대표 마라토너 이봉주

마라톤 국가대표를 지낸 이봉주입니다. 선수 시절에는 마라톤으로 국위를 선양도하였고 지금도 저는 마라토너로서 여러 마라톤 동회회원들과 함께 달립니다. 또 마라톤 대중화를 위하여 홍보대사를 하는 등 나름 열심히 노력한다고 생각합니다. 저에게 마라톤은 삶 그 자체입니다. 그러고 보니 제가 1970년생이니 우리 나이로 벌써 50입니다.

그러나 이 지면에서 굳이 마라톤을 하면 이런저런 점이 좋다는 말씀은 안 하겠습니다. 『해낸 사람들, 마라톤을 이야기하다』에 모두 들어 있기 때문입니다. 다만 이 책에 글을 쓴 '부천두발로마라톤 동호회'에 대해서 한 말씀 드리고 싶습니다.

'부천두발로마라톤 동호회'는 생활체육을 하는 모임입니다. 이런 말이 있습니다. "돈을 잃으면 조금 잃는 것이요, 명예를 잃으면 많이 잃는 것이요, 건강을 잃으면 모두 다 잃는 것이다." 그렇습니다. 건강을 잃으면 모든 것을 다 잃습니다. 100세 시대를 말하는 지금입니다. 하지만 우리의 삶은 만만찮습니다. 각종 삶의 스트레스는 우리의 건강을 하루하루 위협합니다. 생활체육은 이러한 우리의 삶이 나아갈 길입니다.

'부천두발로마라톤 동호회'는 이러한 의미에서 현대인의 삶에 한 이정표를 제시해줍니다. 더욱이 이 책에서 얻어지는 수익 일체를 부천 유소년 육상발전기금으로 기부한다 합니다. 육상인의 한 사람으로서 "고맙습니다"란 말씀을 드립니다.

부천두발로마라톤 동호회의 발전과 이 글을 읽는 모든 분들의 건강을 기원합니다.

2019년 11월 13일

편집을 마치며

간호윤: 우리는 42.195km를 달린다. 꽤 긴 시간이다. 그 꽤 긴 시간
　　　을 달리기 위해 그보다 더한 시간을 달린다. 때론 고통도,
　　　환희도, 몰입도, 때론 시간을 단축하려는 욕심으로 부상
　　　도 입지만 결국은 해냈다. 우리 동호회원들이 주로에서
　　　거칠게 뿜어낸 숨소리와 땀방울들이 이 책에 모여 있다.
　　　'읽는 이들'께서 '해낸 이들'의 심장의 박동 소리를 들었으
　　　면 좋겠다.

소미영: 3미~~미순, 미애, 미영 미모의 여인들 편집위! "일요일
　　　새벽 마라톤 끝나고 점심에 모입시다." 간호윤 님의 말이

끝나기 무섭게 네! 네! 네!~~ 점심은 황영하 님이 요리해 온다 하고, 너도 나도 살짝꿍! 편집위에 가서 돕기도 하고 수고한다고 만두며 치킨이며 술을 사오는 우리 회원님들!~~ 편집위 방인 서재는 높은 탑을 쌓듯, 쌓인 책들로 가득한 공간! 40권의 책을 쓰게 한 산실. 그곳에서의 교정, 원고, 사진 모아낸 『해 낸 사람들, 마라톤을 이야기하다』. 안 되는 것도 되게 하는 간 큰 간 교수님! 자랑스럽고 수고에 박수 보냅니다. "우리가 가진 능력보다 진정한 우리를 훨씬 잘 보여 주는 것은 우리의 선택이다."(조앤 롤링, 해리 포터의 작가)

임미순: 마라톤을 시작하면서 서점을 기웃거려 봤다. 마라톤에 도움을 줄 만한 서적을 찾기가 어려웠다. 우연 기회에 소주 3잔을 기울이며 마라톤 편집팀이 연대별로 꾸려졌다. 나는 분주한 삶을 사는 40대 분들을 맡았다. 원고를 받기 위해 분투를 하였지만 그룹톡은 찬바람이 매서울 정도로 냉대를 받았다.

그러나 그들은 모두 달리기를 좋아하였고 인생을 힘차게 사는 아빠였고 엄마였다. 바쁘게 달려온 인생과 마라톤을 적기 시작하였다. 이제 돌아보니 마라톤의 벅찬 감동의 시간과 함께 이 책자를 만든 시간이 파노라마처럼 흐른다.

달리는 당신들은 아름답습니다!

하니 박미애: 나의 경험을 나의 언어로 이야기한다는 것이 결코 쉽지만은 않았을 텐데, 기꺼이 그것도 일사불란하게 함께 목소리 내어준 회원님들께 진심으로 감사드립니다. 함께 하였기에 가능했던 어제와 오늘, 그리고 내일은 한걸음 더 느끼고 배우고 성장하는 두발로 식구들이 되길 기원합니다. 함께 할 수 있어서 너무나 즐겁고 행복했습니다. 우리는 모두 진정 '해낸 사람들'입니다.

부 천 두 발 로 마 라 톤 동 호 회 사 람 들

간호윤

강태구

김광배

김동호

김규완

김명균

김민지

김보현

김정호

김형진

김효근

남경민

노봉수

민은순

박미애

박영기

박은숙

박현덕

서성근

서현근

소리

소미영

부 천 두 발 로 마 라 톤 동 호 회 사 람 들

소천민

송경아

신동운

안상철

안영원

안효순

양호

위성현

유명종

유정하

이도윤

이상배

이상범

이승현

부 천 두 발 로 마 라 톤 동 호 회 사 람 들

이승훈

이용성

이향화

임미순

임전빈

장석철

장세원

정연희

부 천 두 발 로 마 라 톤 동 호 회 사 람 들

정태영 조명열

진명숙

현순희

홍성일 황영하

동인선주변증설(東人善走辨證說)

조선인이 달리기를 잘하는 데 대한 변증설

간호윤

이규경(李圭景)의 『오주연문장전산고(五洲衍文長箋散稿)』를 보다가 흥미로운 자료를 보았습니다. 바로 달리기에 관한 내용입니다. 우선 내용부터 보지요. 「동인선주변증설(東人善走辨證說)」입니다.

예로부터 우리나라 사람들이 먼 거리를 잘 달려서 준마와 맞설 수 있는 것은 우리나라에 말[馬]이 귀하고 수레가 없어서 도보로 달리기를 익혀 온 때문이다. 그러므로 낮에 걷기 위하여 밤에 식량을 장만하는 것은 다반사이고 보면 보통 사람보다 갑절을 더 걷는 것은 그리 특이한 일이 아니다. 지금 우리나라에서 가장 먼 길로는 연경

(燕京)이다. 역졸이 걸어서 수레와 말을 모는데, 역졸 하나가 일생 동안에 연경을 40~50회 정도 왕복하게 되므로, 이수(里數)로 따지면 40만 리쯤 되고 걸음으로 따지면 1억 4천 4백만 보가 되니, 이는 그 대충을 들어 말한 것이다. 그러나 세속에서, 땅에서 하늘까지의 거리는 9만 리가 된다고 하는데, 밀도(密度, 정밀한 척도)로써 계산 하면 땅에서 하늘 중간까지의 거리는 15만 천 3백 46리가 되므로, 역졸이 도보로 연경을 왕복한 이수는 땅에서 하늘까지의 거리보다 다섯 갑절이나 더 먼 거리이니, 어찌 어려운 일이 아니겠는가.

선생은 우리나라 사람들이 잘 달리는 이유를 "말이 귀하고 수레 가 없어서 걸음으로 달리기를 익혀서"라고 하였습니다. 삶의 환경 에서 이유를 찾았지만 꽤 설득력 있는 말입니다. 달리기는 자꾸 뛰다보면 느는 게 사실이기 때문이다. 선생은 빨리 달리는 자라면 연경까지 수십 일이 못 되어 왕복할 수 있다고 합니다. 또 "중국 사람들은 수레와 말이 많아서 걸어 다니는 자가 없고 걷는 것을 괴롭게 여긴다" 하고 "감발 차림으로 걷는 우리나라 사람과 비교 하면 마치 큰 붕새 앞에 조그만 비둘기와 다름이 없다"고까지 몹 시 경시하는 발언까지 합니다.

사실 지금까지 올림픽 마라톤에서 우승한 동양인은 손기정과 황영조 밖에는 없다는 생각을 해보면 선생의 경시도 이유가 있습니다. 또 우리 동쪽 사람들이 잘 달린다는 증거를, 중국의 문헌 「왕회해(王會解)」에, "발인(發人)은 녹(鹿)과 같은데, 녹은 사슴처럼 신주(迅走)함을 뜻한다" 하였고 그 주에 "발인은 동이(東夷)의 사람을 말하고 신주는 빨리 달림을 말한다" 하였다. 그렇다면 우리나라 지역은 곧 옛적에 구이(九夷)가 살던 곳이므로 지금까지 그 풍기(風氣)가 없어지지 아니하여 빨리 걷고 빨리 달리는 것인지 합니다.

선생이 인용한 「왕회해」는 『일주서(逸周書)』라는 책의 편명입니다. 『일주서』는 진(晉)나라 때 책이니 약 2500년 전 책입니다. 선생은 담헌 홍대용의 『연행잡기(燕行雜記)』도 인용했습니다.

"내가 일찍이 고사(古史)에서 '조선의 사내아이들은 잘 달린다'는 말을 듣고 내심 괴이하게 여겼다. 동자들이 잘 달리는 것은 그 천성이라고 본 때문이다. 그런데 막상 중국의 사내아이들을 보니 아무리 경쾌한 놀이를 하더라도 절대로 우리나라의 아이들처럼 뛰거나 달리는 자가 없었다."

홍대용 선생의 말이기에 믿지 않을 수 없습니다. 그런데 선생은 이에 대해 꽤 생각을 한 듯합니다. "나도 그 점을 괴이하게 여겨 늘 그 까닭을 연구"해 보았다며 이렇게 마무리를 짓습니다.

허신(許愼)의 『설문(說文)』에 "동(東)은 움직인다는 뜻이다" 하였고, 『풍속통(風俗通)』에 "동쪽 사람들은 생동(生動)하기를 좋아하는데, 만물도 땅을 저촉해서 생겨난다" 하였으니 저촉도 움직인다는 뜻이다. 대저 동쪽 사람들이 걸음이 빠르고 또 달리기를 좋아하는 것은, 만물이 땅의 기운을 저촉해서 생겨나는 동쪽 지역에서 난 때문에 생동하기를 좋아해서 그런 것이 아닌지.

선생은 우리가 동쪽에 있으니 생동하는 힘이 있어서 그렇다고 합니다. 자연환경이 사람의 삶에 미치는 영향이 크기에 인문지리학적인 선생의 추론에 공감하지 않을 수 없습니다.